JN112185

# 砂の国の遠い声

宮沢章夫

〈装幀〉坂本志保

砂の国の遠い声　目次

登場人物

男1　（ウチムラと呼ばれている男。四十三歳）
男2　（イワタと呼ばれている男。三十五歳）
男3　（イシヅカと呼ばれている男。三十五歳）
男4　（カスガと呼ばれている男。三十二歳）
男5　（コバヤシと呼ばれている男。三十歳）
男6　（カトウと呼ばれている男。二十六歳）
男7　（ノムラと呼ばれている男。二十三歳）

場所

砂漠であるらしい。

時間

はっきりしたことはわからないが、現在である。

# 1 猫と不安

それは町から遠く離れた砂漠である。

かつてそれが組織されたばかりの頃は、もの珍しさも手伝って、町に住む人々の関心を引いたものだったが、いまでは彼らのことを噂する者もいない。

彼らは砂漠を監視する者たちで、監視隊と呼ばれていた。それほど、仕事に誇りを持っているのでもなく、それを喜びとするのでもないが、彼らは仕事に忠実だったし、さしたる不満も持たぬまま、毎日、ただ砂漠を見つめていた。

監視隊の施設なのだろう、その部屋のひとつ。大きな机があり、いくつかの椅子が点在している。

男2が、壺を手に、ぼんやり立っている。眼は床を見ているようだ。それを遠くから男3が見ていた。

ややあって、

**男3**　……なにしてるんだ？

男2　（男3に気がつき）いや、ちょっと気になったもんだから。
男3　え？
男2　ここ、なんだか空いてるんだよ。何か置いてあったほうがいいだろうと思って。
男3　どうして？
男2　気になるじゃないか。
男3　何が？
男2　ここがなんか空いてるってことがだよ。
男3　気になるか？
男2　気にならないか？

男3もそこを見た。見ていたが、

男3　……ああ。
男2　そうだろ。
男3　うん、気になる。
男2　そうなんだよ、気になるんだよ。
男3　あれだ、ほら、ノートに書き込みをしてるんだけど、真っ白な部分がぽっかり出来るんだ。真っ白が気になってさ、何とかしようと思って、それで意味のないことをとりあえず書くようなさ、そういったあれだよ。
男2　ああ、そういうものなんだろうな。
男3　そういうものって？
男2　だから、不安なんだよ。空白があると何だか不安で、どうにかしてそれを埋めたくなるんだよ。
男3　ああ。……（男2が手にした壺に気がついて）それなんだ？
男2　……あったんだ、倉庫に。
男3　置くのか？
男2　いや、別にそういうことじゃないよ。ただ、あったから、
男3　え？
男2　あったから、ただ持って来たんだよ。
男3　置こうと思ったんじゃないのか？
男2　置くわけないじゃないか。どうしてこんなところに壺なんか置くんだよ。
男3　だけど、何か置こうと思ってたんだろ？
男2　だから、それとこれとは別の問題だよ。
男3　じゃあ、なんでそんなもの持ってるんだよ。あったからって、いちいち出してくるのか？
男2　いけないのか？
男3　いや、いけなかないよ。いけなかないけどさ、でも、それ壺だろ？

男2　そうだよ、倉庫にあったんだよ。
男3　置かないのか？
男2　何度も言わせるなよ。これはそういう意味じゃないんだよ。だってそうだろ、壺なんか置いたってしょうがないじゃないか。

間。

男3　俺は置いてもいいと思うんだ。
男2　……俺も、置いてもいいかなって、思ってた。
男3　だったら置けよ。
男2　……。
男3　……どうしたんだよ。
男2　……でも、壺だぜ。
男3　いいじゃないか、置けよ。
男2　これ置いて、何になるんだ？
男3　だから、そこが、なんか気になるから、それで、おまえ、あれなんだろ。
男2　あれってなんだよ？
男3　気になるってことじゃないか。ほら言ってたろ、不安になるって、なんか埋めなくちゃならないって。

男2　だから壺か？

男3　そうだよ。

男2　ほんとうに壺でいいのか？

間。

男3　いいんじゃないのか。

男2　だけど、

男3　おまえが置かないんだったら、俺が置くぞ。

男2　……。

男3　俺が置いてもいいのか？

男2　……いや、俺が置く。

間。

男3　……貸せよ、それ。（と奪おうとした）

男2　（奪われまいとし）やめろよ。

**男3**　貸せ。
**男2**　いやだ。

二人、壺をめぐって小競合いをするが、いつのまにか、男3が壺を手にした。ちょうど、廊下を男1と男6が通りかかる。

**男1**　（いきなり）やったらやりっぱなしってのは、よくないんじゃないか？
**男2**　（気がつき）え？
**男1**　いや、いま向こうで、あれだからね、ちょっと言わなくちゃと思ったんだよ。イシヅカ君なんだろ。あれ。
**男3**　あ、すいません。
**男1**　頼むぞ。
**男3**　はい。

男1と男6、廊下を去ってゆく。

**男2**　（見ていたが）何だよ？
**男3**　いや、ボイラーの調子が悪いっていうから、直してたんだよ。管に砂が詰まってたんだな。

**男2**　掃除したら元に戻ったよ。
**男3**　ああ。
**男2**　やっぱり、ここらあたりがいいかな。
**男3**　え？
**男2**　いや、これさ。これ、ここに置くのがやっぱりいいんだろうな。
**男3**　うん。
**男2**　でも、もう少し、こっちのほうがいいか。
**男3**　うん。
**男2**　どっちなんだよ？
**男3**　……いいんじゃないか、そっちで。
**男2**　……じゃあ、置くぞ。
**男3**　ああ。

男3、壺を床に置いた。

**男3**　置きました。
**男2**　……やっぱり、壺じゃなかったんだよ。
**男3**　……いや、そうとも言い切れないよ。

男2　じゃあ、おまえこれがいいって思うのか？
男3　そうは言ってないよ。ただ、これだってそんなに悪くはないだろ。ほかのモノに比べたらずっといいはずだよ。これが、鍋だったらどうだ。変だろ。
男2　まあな。
男3　（ふと気付き）そうだ。机をな、もう少し、こっちに動かすっていうのはどうだ。
男2　あ、そうか、机か。

急に元気になって、

男3　そうだよ。机さえ動かせば、なんとかなるよ。
男2　よし、やろう。
男3　ああ。

二人、机を動かして位置を移動させる。

男2　どこまでだ？
男3　いや、もう少し。
男2　このへんか。

男3　どうかな。
男2　もっと動かしたほうがいいのかな。
男3　どうだろう。

と、二人が机を動かしていると、いつのまにか砂の入ったバケツを手にして、男4がそれを見ていた。

男4　それ、どうするんですか？
男2　（気がつき）いや、ちょっとな。
男3　おまえ、そこから見て、どうだ？
男4　え？
男3　だから、そこから見た感じさ。
男4　何がですか？
男3　机だよ。
男4　……いいんじゃないですか。
男3　何が？
男4　いや、机が。
男3　え？
男4　え？

**男2**　何がいいんだよ？
**男4**　いや、運んでるなって、

間。

**男2**　とりあえずこのへんにするか。
**男3**　あ、ああ。

机を下ろし、さっきと同じ様に、少し離れた位置から見る。

**男4**　どういうことなんですか？
**男2**　……。
**男3**　……。

男2と3は、また少し気落ちしたようだ。

**男4**　イワタさん。あの壺は？
**男2**　いや、あれは、

**男3**　（男４が手にするバケツに気がついて）あれ、おまえ、それ、

**男4**　ええ。

**男2**　さっきも替えてなかったか。

**男3**　そんなにしょっちゅう、替えるものなのか？

**男4**　いけませんか。

**男3**　いけなかないよ。いけなかないけど、いくらなんでも、猫の砂だろ？

**男4**　いけませんか？

**男3**　いや、他になんかすることがあるだろうと思って。

**男4**　（考えるが）べつにありません。

**男3**　だけどおまえ、

**男4**　でも、砂はありますからね。

間。

**男3**　（窓の外を見て）……砂はいやってくらいあるよ。

男２も４も、窓の外を見た。

**男2**　……砂はな。
**男3**　まわりは全部、砂だよ。
**男2**　どこまでもずーっと続いてるよ。

男2、バケツから砂を一握りつかむ。

**男3**　どっちの方角を見ても、あるのは全部、砂さ。
**男2**　（手の中の砂を見て）ここはそういう場所だからな。

間。

**男4**　あれ、
**男3**　え？
**男4**　聞こえませんでしたか？
**男2**　何だよ？
**男4**　鈴ですよ。首に付けてるでしょ、ほら、猫の。（耳をすまし）天井裏ですかね。聞こえませんでしたか、いま。

三人、耳をすまし、天井を見上げた。

**男3** 聞こえたか？

**男2** どうかな。

**男4** （天井を見上げたまま）でも、これだけ砂があるんですから使わなくちゃ損じゃないですか。

**男3** 損？

**男4** だって、ほかにいいとこなんてないでしょ、こんな場所に。

**男3** 砂漠が？

**男4** だから、砂くらい思う存分使いたいじゃないですか。

**男3** おまえ、損とか、得したとか、そんなことで猫の砂を替えるのか？

**男2** あ、いま、

**男3** え？

**男4** 聞こえたんですか？

**男2** 気のせいかな。でも、いま、

本を手にした男7が来る。

**男7** だったら、カスガさん、この問題、わかりますか？

男4　え？
男7　クイズ。
男4　ああ。
男3　出してみろよ。あててやるよ。
男7　難しいですよ。
男3　出してみろよ。
男2　三択か？
男7　え？
男2　答えは、三つの中から選ぶのか？
男4　だったら、何ですか？
男2　いや、べつに。
男4　じゃあ、何でもいいじゃないですか。
男2　ちょっと聞いただけだよ。いけないのか？
男4　いや、いけないことはないですけどね、ただ、何かあるのかと思うじゃないですか。
男2　べつにないよ。ただ聞いただけだよ。
男3　何が？
男2・4　え？
男3　何を聞いたんだよ？

**男2**　……三択かって、
**男3**　いま言ってたろ。
**男4**　だから、そうですよ。
**男3**　え？
**男4**　え？
**男3**　何が？
**男4**　え？

男1と男6が箱を運びながら廊下を来て、

**男1**　やったらやりっぱなしってのは、あれなんじゃないか？
**男たち**　……。
**男1**　……。
**男たち**　……。
**男1**　……さっき言ったか？
**男3**　ええ。
**男1**　……頼むぞ。
**男3**　はい。

男1と男6、去ってゆく。

**男4** 何かあったんですか？

**男3** いや、ボイラーが壊れてたんだよ。それで直したんだけどね、

気がつくと、男7が壺に近づいてそれを見ていた。

**男3** あ。

**男7** これ、

**男2** なんでもないよ。

**男4** その壺、何なんですか？

**男3** （男4に）壺はいいよ。

**男4** でも、

**男2** 早く問題出せ。

間。

**男7** （本を開く）「一九四五年といえば、日本が戦争に負けた年ですが、その八月二六日、アメリカ軍の進駐に対処すると称して、東京に、『特殊慰安施設協会』が内務省の指示で設立されました。さて、この、『特殊慰安施設協会』とは、いったいなにを目的にしていたのでしょう？」

男たち考える。

**男3** ……イアン？

**男7** わかりますか？

**男4** 内務省の指示か。

**男2** 一九四五年だろ……、

**男7** はい。

**男3** 慰安会。

**男7** いいえ。

**男2** ボーリング。

**男4** なんで？

**男2** いや、なんか……。

**男4** ……。

間。

**男3**　特殊慰安施設協会……、

**男7**　あ、そうか。

男7、不意に立ち去った。茫然とする三人。

男4は壺が気になって、

**男4**　その壺、どこから持ってきたんですか？

**男2**　壺のことはいいよ。

**男4**　でも、

**男2**　別に何だっていいじゃないか。壺が置いてあったたって、それほど気にすることじゃないよ。

**男3**　そうだ、そのバケツ。

**男4**　え？

**男2**　ああ、そうか、バケツか。

**男4**　バケツが何ですか？

**男3**　いや、ちょっと貸せよ。

**男4**　駄目ですよ、これから猫の砂を替えるんですから。

**男3**　猫の砂なんていつだっていいじゃないか。だいいち、さっきも替えてたんだろ。
**男4**　だから何ですか、このバケツをどうするんですか？
**男2**　ちょっと気になったんだよ。
**男4**　え？
**男2**　ここ、なんか空いてるんだ。
**男4**　ここ？

男2、壺を持ち上げる。

**男2**　何か置いてあったほうがいいと思ったんだよ。だって、何だか気になるだろ。
**男4**　ここが？
**男3**　気になるよ。

男4、あたりを見、再びそこを見た。

**男4**　あ、気になりますね。
**男3**　なるだろ。
**男2**　なるんだよ。

男4　なんていうんですか、こういうの。風呂に入ったあと、タオルで身体をふくんだけど、どうも背中のあたりが、ふけなくて、それで、（たとえが的外れなのに気がつき）……違うか。

男3　だから、冷蔵庫に買い物してきたものを一個一個、詰めるだろ、でタマゴをこう、並べるんだけど、……違うか。

男2　だから、気球をな、上げるんだよ。それで下から見て、

男3　とにかく気になるよ。

男4　ええ。

男3　だから置こうよ。

男4　駄目ですよ。

男3　どうして。

男2　気になるんだろ？

男4　それとこれとは別の問題です。

男3　なんだその別の問題って？

男4　だって、いいですか、これ置いても、そのままにしとくわけにはいかないんですよ。これ、すぐに持っていって、砂を替えなきゃいけませんからね。だったら、置いてもしょうがないじゃないですか。

男3　替えなくてもいいよ、猫の砂なんか。

男4　猫の砂なんか？

**男3**　そうだよ、一回くらい替えなくても困らないよ。
**男4**　猫の砂なんかって言い草は何ですか。猫をばかにしてるんですか？
**男3**　ただの猫だろ。
**男4**　ただの猫？
**男3**　猫より大事なものがあるだろ。
**男4**　猫より大事なものって？
**男3**　あるじゃないか。
**男4**　何ですか？
**男3**　……。
**男4**　何なんですか？
**男3**　……。
**男4**　イシヅカさん。
**男3**　……俺たちの気持ちだよ。
**男4**　え？
**男3**　気になるんだよ。どうにも気になって、ここらへんが気持ち悪いんだよ。（男2に）なあ。
**男2**　猫の砂なんかって言い方はよくないよ。
**男3**　え？
**男2**　そういう言い方はないいんじゃないか。

男3　何だよおまえまで。
男4　そうですよ、そういう言い方はあんまりですよ。
男2　でも置こうよ。
男4　え？
男2　バケツ。なあ、いいじゃないか。
男4　でも、いまイワタさん、そんな言い方はないって言ったでしょ。
男2　それとこれとは別の問題だよ。
男4　別の問題って？
男2　だから、猫の砂なんかって言い方はよくない、だけど、バケツは置きたい、って、ことだ。
男4　え？
男2　いいから置けよ。
男4　それ説明になってませんよ。
男3　なんでもいいから置けよ。

バケツを奪おうとする。

男4　やめてくださいよ、
男3　貸せ。

と、もみ合っているうちに、バケツから砂が零れた。

**男3**　あ。

**男4**　！

三人、砂を見る。少しして離れた位置から砂を見、その空白が埋まったかどうか確認する。

廊下を、男1と男6が通り過ぎる。ややあって、

**男2**　やっぱり、砂だけじゃ駄目だな。

**男3**　そうだよ、バケツじゃなきゃ駄目なんだよ。

男4、廊下を走って逃げた。

**男3**　待て。

男3は男4を追った。男2、去っていったほうを見ていたが、壺を手にしたまま、また床の砂を見る。

男1と6が箱を運んで来る。

**男1**　……何してるんだ？

**男2**　（男1と6に気がつき）いや、ちょっと気になったもんですから。

**男1**　え？

**男2**　ここ、なんだか空いてましてね。何か置いてあったほうがいいだろうと思って。

**男1**　どうして？

**男2**　気になるじゃないですか。

**男1**　何が？

**男2**　ここがなんか空いてるってことが。

**男1**　気になるか？

**男2**　気になりませんか？

男1と6、箱を廊下に置くと、部屋の中に来てそこを見る。

**男1**　……気にならないよ。

**男2**　え？

**男1**　空いてたっていいじゃないか。気持ちいいくらいだよ。

**男2**　ウチムラさん、今までそんなふうに考えたやつは誰もいませんでした。

男1　何だよそれ？
男6　でも、こうしていると、コバヤシさんを思い出しますね。
男1　え？
男6　思い出しませんか？

三人、じっと見る。

男6　コバヤシさん、よくこうして見てたんです。
男2　気になってたんだな。
男6　ええ。
男1　コバヤシか。
男2　もう一ヶ月になりますね。その前から、少しおかしかったじゃないですか。声が聞こえるって、砂漠の向こうから。
男1　声か。
男2　心配はしてたんですけどね。
男1　声な。何だったんだろうな、あれ。

三人、なおもそこを見ていると、廊下を傘をさすコバヤシが通り過ぎた。

**男6** あれ。いま、

**男1** え？

**男6** コバヤシさんが通った。

**男1** 何だって？

男6、コバヤシを追って廊下の先に去る。

**男2** 気のせいですよ、きっと。カトウ、最近、よくそういうこと言うんです。

**男1** そういうこと？

**男2** ええ。夜、風呂に入ってたら、窓の外に青い光が見えたとか、作業中に、突然、黒い人影が見えたって騒いだり。

**男1** 見えたのかな？

**男2** 何ですか？

**男1** いや、コバヤシ君も声が聞こえたって言ったろ、だから、ほんとは聞こえてたんじゃないかと思って。

**男2** ウチムラさんは、聞こえてたんですか？

**男1** 聞こえなかったよ。

男2　そうでしょ。
男1　うん、私には何にも聞こえなかった。
男2　やっぱりどこかおかしかったんですかね。
男1　コバヤシ君は、ここに希望して来たんだ。以前から、砂漠に来たかったって言ってね。その希望の理由を、きみ、知ってるか？
男2　いいえ。
男1　砂漠が見たいって言うんだ。砂漠を監視するこの仕事につけば、砂漠が見られるからって。でも、ここにいるのは観光じゃないからね。毎日、こうしてただ見てるだけなんだよ。

二人、窓の外を見る。

男2　砂だけですからね。
男1　だから思ったんだ。希望してここに来たぶん、私なんかより、コバヤシ君には、ここの生活がきつかったんじゃないかって。
男2　……。
男1　（ふと気がつき）……それ、何だ？
男2　え？
男1　それ。

男2　いや、
男1　いやって、それ何だよ？
男2　あったんです、倉庫に。
男1　そんなものが？
男2　ええ。

廊下を男4のバケツを手にした男3が来る。
あとから男4がついて来て、

男4　駄目ですよイシヅカさん。
男3　ちょっとだよ、ちょっと置くだけでいいんだから。
男1　何だよ？
男3　あ、いたんですか？
男1　なんだ、そのバケツ？
男3　これ、置こうと思って。
男1　気にならないよ。
男3・4　え？
男1　空いてたっていいじゃないか、気持ちがいいくらいだよ。

男3・4、茫然とした。ややあって、男6が戻って来る。

**男1** （男6に）どうだった？

**男6** え？

**男1** コバヤシ君だよ。

**男4** コバヤシって、あのコバヤシですか？

**男1** 見たって言うんだよ。その廊下を通ったって。

**男3** 戻ってきたんですか？

**男6** いや、いませんでした。

**男4** どういうことなんだ？

**男2** この頃、よく言うんだ、そういうこと。この前だってそうだろ、ほら、言ってたじゃないか。風呂に入るとき何か見たって。

**男6** 俺、割とそうなんです。霊的なものを感じることが多いし。

**男2** 昔から？

**男6** 子供の頃から。

**男4** じゃあ、コバヤシは死んだのか？

**男6** え？

男4　だって、見たんだろ、おまえ？
男2　気のせいだよ。

間。

男2　気のせいだよ。
男3　そうだよな、きっと。
男4　あ。（と天井を見上げた）
男1　え？
男4　鈴が鳴りませんでしたか、上で。
男1　なんだよ？
男3　いや、猫ですよ。
男1　猫？

皆、天井を見上げた。

男4　カトウ、おまえ、見なかった？
男6　猫ですか？

男2　なんですかねえ、あのしみ。
男1　どこが？
男2　ほら、あそこ。
男3　あ、変だな。天井に足跡なんて。
男4　あれ足跡ですか？
男3　足跡だろ。
男4　人の顔じゃないですか？
男2　え？
男1　人の顔ってことはないだろう。
男3　あ、でも、見ようと思えば見えますね。
男1　人の顔に？
男4　人の顔ですよ。
男2　ああ、見える見える。
男4　そうでしょ。
男3　ウチムラさんだ。
男1　え？
男4　そうだ、ウチムラさんだ。
男1　わたし、あんな顔してるか？

男4　してますよ。
男3　重い。
男1　え？
男3　いや、バケツが。なにも、持ってることないんだよな。置けばいいんだよ。
男4　ちょっと待ってください。それ置くんですか？
男3　いや、重いからね。
男4　でもそれ、置いても意味ないですよ。だって、持ってくんですからね。猫の砂を取り替えなきゃいけないんですから。
男3　……そういうことじゃないだろ。
男1　どういうことなんだよ？
男3　だから、重いってことですよ。
男6　コバヤシさんだ。

男たち、男6を見る。男6はずっと天井を見ていた。

男1　……何だって？
男6　俺には、あの天井のしみ、コバヤシさんに見えますよ。
男1　コバヤシ？

それでまた皆、天井のしみを見た。
ややあって、男7が来る。

**男7**　どうしたんですか?
**男3**　しみだよ。
**男2**　カトウがね、あのしみ、コバヤシに見えるって言うんだ。

男7も見た。不意に、

**男7**　問題を出してもいいですか?
**男1**　例の?
**男2**　出せよ、今度は当ててやるよ。

男7、本を開き、読む。男たちは、天井を見上げたまま、それを聞く。

**男7**　一九五〇年といえば、朝鮮戦争が始まった年ですが、この頃から、日本はこの戦争による特殊需要、「特需」のブームによってにわかに景気が高まります。さて、その頃、使われた言葉で

「ガチャ万景気」とは、どんな景気のことでしょう。

**男1**　ガチャマン？

**男3**　ガチャマン景気ねえ。

**男2**　なんか、機械と関係するんじゃないか？

**男4**　ガチャだから？

**男2**　ああ、ガチャだよ。

**男4**　マンは？

**男2**　マン？

**男3**　ガチャマン景気。

間。

**男1**　ガチャマンか……。

天井を見上げたまま、男たちは考え続けた。

## 2　七番目の男

1と同じ部屋。数週間後らしい。机では男5が書類に書きこみをし、傍らに書類が散乱する。箱を運ぶ、男1と男6が廊下を通る。背後から男2が来て、

**男2**　もう食事ですから、そろそろ切り上げてください。

**男1**　ああ。じゃあ、これだけあれして。

**男6**　今日は何です?

**男2**　カレーだよ。

**男1**　え、今日は木曜なのか?

**男2**　だってそうじゃないですか、僕が当番なんですから。

**男1**　まあ、そうだな。（と動きだし）今日が木曜日ってことは、明日は金曜か。だとすると、きのうは水曜だ。早いな、一週間が過ぎるのも。ついこのあいだカレーを食べたような気が

するんだよ。あれはいつだっけ、ほら本部から視察が来たじゃないか。視察の連中が刺身を持ってきたろ、土産だって言って。やっぱり違うな、新鮮な刺身は。まぐろの色が違うよ。

**男2** じゃあ、お願いしますね。用意出来てますから。

**男1** うん。

男1と男6は去る。

**男2** （見ていたが、男5を見つけ）おい、コバヤシ、メシだぞ。

**男5** はい。これ済ましたら、すぐに行きます。

**男2** そんなの、適当でいいんだ。どうせ報告書なんて、向こうでもしっかり読んじゃいないんだから。

**男5** でもあれですから。

**男2** だいたい、そんなに書くことなんてあるのか？

**男5** いや、書き始めるといろいろあって、

**男2** だっておまえ、朝から砂漠を見て、今日も砂漠は無事だったってそれだけだろ。

**男5** それだけのことが、書き始めたら止まらないんです。

**男2** ちょっと見せてみろよ。

**男5** やめてください。

男2　え？
男5　まだ人に見せる段階じゃないですから。
男2　なんだよそれ？
男5　いや、そういう段階になったらお知らせしますから。
男2　どういうことだよ？

カレーの皿とスプーンを持った男4が来る。

男4　ここいいですか？
男2　え？
男4　ここで食べようと思って。
男2　向こうに行けよ。食事は食堂で食べるのが規則だろ。
男4　一緒に食べたくない人がいるときはどうすればいいんですか？
男2　なんだそれ、なんかあったのか？
男4　いや、いいんです。

と、椅子に座る。

男2　向こうで食べろよ。おまえ一人そんなことしたら、これからみんなが、勝手しはじめるだろ。ものにはけじめが必要だよ。

男4　……。

男2　おい、何があったんだ？

男5　困ったな。

男2・4　え？

男5　まだ全然、終わりそうにありません。

男2　だから、適当でいいって言ってるじゃないか。

男5　そういう訳にはいきませんよ。

男2　じゃあ、いったん書くのをやめて、メシを食い終わってから、また書けばいいだろ。

男5　いや、やっちゃいます。中断したら気持ちが悪いですからね。食事だって美味しくありません。

男2　だけど、終わらないんだろ？

男5　いや、そうとも限りませんよ。

男2　どうして？

男5　何かの拍子に、ぱっと書けることもあります。

男2　何かの拍子？

男4　しまった。

男2　え？
男4　いや、僕ソースをかけないと、カレーを食べた気がしないんです。
男2　かければいいじゃないか。
男4　ええ、かけてくれればよかったんですけどね。
男2　何があったんだ？
男4　いや、いいんです。
男2　一緒に食べたくない人って、どういうことなんだ？
男4　イワタさんも、そういうこと、ありませんか？
男2　そういうこと？
男4　だから、一緒にカレーを食べたくない人もいるってことですよ。
男2　ウチムラさんか？
男4　いや、
男2　ノムラか？
男4　あきらめます。ソースがなくたって、カレーはカレーですからね。
男5　でも、ソースをかけたほうが僕はいいと思います。

間。

男2　俺もいいと思うよ。
男4　僕もかけたいですよ。
男2　だったらかければいいさ。
男4　イワタさんも、ソースをかけますか？
男2　いや、俺はかけないよ。
男4　え、だって、いま、
男2　いや、だから、おまえがさ。
男4　僕が？
男2　だから、かけたいんだろ、だったら、かければいいじゃないか。
男4　イワタさんはかけないんですか？
男2　かける訳ないじゃないか。ソースなんてカレーにかけるのはくだらないよ。
男4　くだらない？
男2　ああ、ひどいもんさ。
男4　じゃあ、僕もかけません。
男2　どうして？　かければいいじゃないか。
男4　……。
男2　かけたいんだろ？
男4　でも、

**男2**　向こうに戻れよ。ソースだってあるぞ。遠慮なくかけていいんだから。

いつのまにか、廊下から男3が見ていた。男3の手にも、カレーの皿とスプーンがある。

**男3**　ここいいかな。

**男2**　え？

**男3**　いや、たまにはここで食べてみようかと思って。

**男2**　どうして？

**男3**　いけないのか？

**男2**　規則で、食事は食堂ってことになってるじゃないか。

男4、立ち上がり、

**男4**　僕、向こうに行きます。

**男2**　ソースをかけるのか？

**男3**　ソースって？

**男2**　いや、ソースをかけないと、食べた気がしないって言うんだ。

**男4**　いや、ソースはかけません。

男2　どうして？
男5　なんか駄目なんだよな。
男2・3・4　え？
男5　まったく終わる気配がないんだよな。
男3　なんだよ、それ？
男5　報告書です。書いても書いても、終わらないんです。
男3　そんなの、適当にやればいいじゃないか。
男5　そういう訳にはいきませんよ。
男2　俺も言ったんだけどね、やめないんだよ。
男3　コバヤシ、おまえ、変わらないな。
男5　え？
男3　だって、そうだろ、前からそうだったじゃないか。
男5　前から？
男3　だから、いなくなる前もそうだったじゃないか。一度やり始めると、夢中になるんだよな。
おまえ、前からそうだったよ。
男5　それはもちろん、同じ人間ですから。
男3　ちょっと見せてみろよ。
男5　いや、まだそういう段階じゃありません。

**男3**　段階って？

**男2**　見せるような段階じゃないって言うんだよ。

**男3**　変わらないな、やっぱり。

男4、皿を手に出てゆく。

**男2**　あ、おい、どこ行くんだ？

**男4**　ちょっと、向こうで、

男4、行ってしまった。

**男2**　さっきから変なんだよ、あいつ。

男3、ゆっくり歩いて、男4のあとを追い、

**男3**　おい、カスガ、食堂はそっちじゃないぞ。おい、どこ行くんだよ？

行ってしまった。男2、廊下に出て黙って見ていた。本を手にした男7が来る。

**男7** もう出来ましたか？

**男2** ああ、出来た。（男5を見て）じゃあ、コバヤシも、適当に切り上げてくれよ。食べてくれないと、片付けが困るからな。

**男5** はい。

男2、食堂に去る。

**男7** （男5を見て）なんですかそれ？

**男5** 報告書だよ。

**男7** 問題を出しましょう。

**男5** あとにしてくれよ。

**男7** はあ。……コバヤシさん、変わりませんね。

**男5** え？

**男7** いなくなる前と。

**男5** だから言ってるじゃないか、同じ人間だって、そんなに変わるわけないじゃないか。僕はクイズとか、問題っていうのが嫌いだったろ。ここに戻ってきてからも、やっぱり、嫌いなんだ。クイズなんてたまたま出来るやつが偉いってことだろ。ものを知ってるからって、ちっとも偉かないよ。（また、書きはじめ）それどころじゃないんだ。

**男7** すいません。

**男5** ……いや、おまえがあやまる問題じゃない。

男1と男6が来る。

**男1** あれ、もう食ったのか？

**男5** いや、まだ。

**男1** 何やってるんだ？

**男5** 報告書を書いてたんです。まだ途中だったんで、片付けてからって思ってたんですよ。

**男1** 適当にやっとけばいいよ。どうせ、向こうだってまともに読んでないんだから。

**男5** いや、そういう訳には、

カレーの皿を手にした男4と男3が足早に通り過ぎる。気がついて、男1ら、廊下を見た。

**男1** ……だけど、変わらないな、コバヤシ君は。

**男5** （憤然として）だから、言ってるじゃありませんか。僕は同じだって！

間。

**男6**　どうしたんですか、コバヤシさん。

**男1**　なに興奮してるんだよ。

男5、一心に書類を書き続ける。

**男1**　コバヤシ君。

男5、一区切りつけて、ペンを置いた。

## 3 耳と砂漠

男5　だってイワタさんが、

一時間後。男5は相変わらず報告書を書いていたが、机の上には食べかけのカレーがあり、その皿を挟んで男2と睨みあっている。廊下を、男4が走り抜けた。二人、ちらっと廊下を見たが、

男5　でも、ごはんを残すのはいけません。
男2　残してもいいよ。
男5　だけど、
男2　これ片付けなきゃ、俺の仕事が終わらないだろ。
男5　僕、しますよ。
男2　俺がするよ。

**男5**　片付けときますから、イワタさんは休んでて下さい。
**男2**　おまえ、俺の仕事を取るのか？

間。

**男5**　……いや、そういうことじゃなくて、つまり、これ、まだ食べたいからそう言っただけで、だけどイワタさんに御迷惑になるなら、自分で片付けなきゃと思っただけだし、それはなにも、イワタさんの仕事を取ろうとか、そういうことじゃなくて、

男2、皿をさっと取って走り去る。

**男5**　（立ち上がり）あ、イワタさん。

男2が走ったのとは反対の方向から男3が来る。

**男3**　いま行ったの、カスガか？
**男5**　え？
**男3**　カスガじゃないのか。

男5　イワタさんですよ。
男3　イワタがなんで、走るんだ？
男5　ええ。ちょっとあって、
男3　ちょっとって？
男5　カレーのお皿を片付けるからって。
男3　カレーの皿を片付けるのに何で走るんだ？
男5　急いでたんじゃないですか？
男3　カレーの皿で？　人間、カレーの皿ぐらいで走るか？
男5　走ることだってありますよ。
男3　だけど考えてみろよ、走るってのはよっぽどだぞ。そうめったに走るもんじゃないよ。短距離の選手じゃないんだし電車に遅れる訳でもないだろ。ここはそういう場所じゃないんだから。
男5　そういう場所じゃないから走るのかもしれません。
男3　どういうことだよ？
男5　走るしかないからです。
男3　え？
男5　だから、
男3　（不意に気がつき）あ、まだ書いてるのか？

男5　ええ。
男3　見せてみろよ。
男5　（腰を下ろし隠して）いや、まだその段階じゃありませんから。
男3　だから、段階ってなんだよ？
男5　（不意に気がつき）あ。
男3　何だよ？

と、机から一、二歩離れて耳をすます。

間。

男5　（あきらめ）気のせいです。
男3　声か？
男5　いえ、
男3　また聞こえたのか？
男5　ときどきそんなふうに思うんですけどね、たいてい気のせいなんです。あの時の声は、もっとはっきり聞こえましたからね。

男3　俺は聞こえなかったよ。
男5　やめましょう。何度その話をしても、らちがあかないじゃないですか。
男3　そうだな。おまえもいなくなってるあいだ、そのことは、何も覚えてないんだしな。
男5　ええ。
男3　でも、ほんとうに覚えてないのか？
男5　だから、やめましょうよ、それは。
男3　ああ。

廊下を、今度は、男1が走り抜けた。男3と男5、見たが、

男3　戻ってきたときのことは覚えてるんだろ？
男5　イシヅカさん。
男3　だったら変だな。戻ってきたときは覚えてる。その前のことは記憶にない。どこが、境界線なんだよ？
男5　境界線なんてありませんよ。
男3　だけど、変だろ、覚えてる部分とそうじゃない部分とあって、（不意に）あれ、いま走ってたの、ウチムラさんか？
男5　そうみたいですね。

男3　何かあったのかな。
男5　風呂の水でも出しっぱなしにしてたんじゃないですか。
男3　そんなことで走るかな。
男5　走りますよ。
男3　どうして？
男5　だから、風呂の水が溢れるから。
男3　え？
男5　ざーって。
男3　え？
男5　こう、お風呂の縁から、水が、ざーって、
男3　……。
男5　これだけ説明してもわかりませんか？

男4が来る。

男4　イシヅカさん。
男3　あ、おまえ。
男4　やっぱりはっきりしとこうと思いました。いいですかイシヅカさん。猫は食べないでくだ

さい。

**男5**　……なんですかそれ？

**男3**　だから言ってるだろ、冗談だって。

**男4**　だけど、冗談でもそんなこと言うイシヅカさんが僕は信じられませんよ。

**男5**　なんですか、なんの話なんですか？

**男4**　イシヅカさんが、猫を食うって言うんだ。

**男3**　だから、ちょっとしたもののはずみだから。

**男4**　はずみ？

**男3**　あるだろ、そういうことって、（男5に）なあ。

**男5**　なあって、何ですか？

**男3**　だから、あるだろって話だよ。

**男5**　え？

**男3**　だから、

**男5**　え？

男1が来た。

**男1**　いやあ、危ないとこだったよ。

男3　あ、どうしたんですか、いま？
男1　風呂の水だよ。
男5　やっぱり。
男4　何ですか？
男5　だからほら、ざーって、
男4　え？
男5　こう、お風呂の縁から水が。
男4　え？
男5　……わからない人だなあ。
男4　だからなんだよ？
男3　だから、コバヤシが言いたいのはこういうことだろ。お風呂の縁から水がざーって。
男4　え？
男3　（男1に）そういうことですよねえ。
男1　いや、ならなかった。
男5　間に合ったんですか？
男1　ああ、なんとかな。

男4、行こうとする。

**男3**　（男4に）おまえ、わかったのか？

廊下を、男6が走り去った。皆、それを見たが、男5が書類をまとめて整理するので、

**男1**　（気がつき）どうしたんだ？

**男5**　ちょっと僕、食堂で書いてきます。

**男1**　私たちが邪魔か？

**男5**　いや、そういうことじゃなくて、早く書き終えないと明日になっちゃいますからね。明日は明日の報告書を書かなきゃいけませんから。場所を変えて、気分転換すれば書けるような気がするんですよ。

**男3**　まあ、待てよ。（ふと思い出し）あれ、いま、走ってたのはカトウか？

**男1**　ノムラだろ？

**男4**　え？

**男1**　ノムラじゃないのか？

**男4**　カトウでしょう。

**男5**　じゃあ、僕。

と、行ってしまった。残された三人、しばらく見ていたが、

**男1** やっぱり変じゃないか？

**男3** ええ、どことなく。

**男4** でも、いなくなる前とまったく変わってませんよね。

**男1** だから変なんじゃないか。

**男3** だけど、少しだけ変わったんだよ、微妙に。

**男1** あ、きみもそう思ってたか？

**男4** 僕もそう思ってました。

**男3** 歩き方も、前はもうちょっと違ったでしょう。

**男4** どんなふうに？

**男3** いや、うまく口では言えないんだけどね、なんて言うのかなあ、前は、右足から歩き出してたのが、いまは左足から踏み出すようなさ。

**男4** そんな細かいことまで見てるんですか？

**男3** いや、たとえばだよ。たとえれば、そういう感じってことだよ。

**男1** あと、何て言うのかな、ふっとあいつが来るだろ、前だったら、すーって感じだったんだよ、ところがさ、戻ってきてからは、何て言うか、うまく言えないけどね、すーって感じなんだよ。

**男4** ああ。それだったらわかります。
**男3** わからないな。
**男1** そういう感じだよ。
**男3** だけど、
**男4** あれ、やっぱりカトウですよね。
**男1** え？
**男4** いや、さっきの。
**男3** イワタじゃないからな。
**男1** イワタはあんな走り方しないよ。でも、何なのかなあ。変だよ、あんなに走るなんて。

男5が戻ってきた。

**男4** あ。
**男1** どうしたんだ？
**男5** いや、イワタさんが。
**男1** え？
**男5** 食堂はもう、閉めるからって。いつまでもいられたら仕事が片付かないって言うんですよ。

男2が来る。

**男2**　終わったよ。
**男3**　え？
**男2**　きょうの俺の仕事は、全部、終わったよ。

間。

**男3**　……何時だ？
**男5**　（腕時計を見て）七時を過ぎました。
**男4**　じゃあ、上の扉を締めてこなきゃ。
**男3**　それ、俺やろうか。
**男2**　俺がやるよ。
**男4**　いや、僕の仕事ですから。

と、男4、出てゆく。

**男1**　さてと、風呂でも沸かすか。

男2　やりましょうか？
男1　いや、いいよ。

男6が戻ってきた。

男3　あ、おまえ今、走ってた？
男6　ああ、風呂があれだったんで。
男5　ざーって？
男6　え？
男5　違うのか？
男6　え？
男5　わからないやつだなあ。

と、男5、行ってしまった。皆、見ていたが、

男1　やっぱり変だよ。
男3　ええ。

皆、男5の行った方向を見続ける。

# 4 夜

三十分後。机では、男5が報告書を書きつづける。傍らで男2が、男5のことを見ている。少し離れた椅子で男6は新聞を読み、男1が外を見ていた。

男2　手伝おうか?
男5　え?
男2　手伝わせろよ。
男5　いや、それは、
男2　まとめは俺が書いてやってもいいんだ。
男5　それは困ります。これ僕の仕事なんですから。
男2　いいじゃないか。疲れたろ、少し休んだほうがいいよ。
男5　べつに、

**男2** 無理するな。

**男5** 無理なんかしてませんよ。

男3が来る。

**男3** ウチムラさん、風呂のガス、止めときました。

**男1** え？

**男3** 駄目ですよほっといたら。熱くなってました。あれじゃ、煮立っちゃうじゃないですか。

**男1** どうしてお前がそんなことするんだ？

**男3** ちょっとのぞいたんです。そしたら、湯気がもうもうとしてました。まずいんじゃないかと思って、

**男1** 今日は木曜だぞ。風呂の当番は私だろ。一週間にたった一度の風呂の当番だよ。それをきみ、きみがガスの栓を止めるってのはないじゃないか。

**男5** よし。

**男1** 何だよ？

**男5** ようやく、これからまとめに入ります。

**男3** おまえ、向こうで書いてたんじゃないのか。

**男5** いや、やっぱり場所を変えても駄目だってことがわかりました。ここがいいんですよ。筆が進

みますからね。

**男3** 進めなくていいよ。さっさとまとめろよ。

**男2** あ、そうだ。

**男1** え？

**男2** ほら、監視室の扉、

**男1** ああ。

**男2** 立て付けが悪いって言ってたでしょ。

**男3** 俺がやろうか。

**男2** いや、俺がやる。こういうのは、見つけた者がやらなくちゃ駄目だからな。

男2、行ってしまった。

**男1** じゃあ私も、風呂でもうめるとするか。あんまり熱い風呂は身体に悪いからね。

**男3** うめました。

**男1** え？

**男3** あんまり熱いんで。

**男1** どうして？

**男3** いや、熱いから。

男5　あ。

不意に立ち上がると、窓際に行って、耳をすます。

男1　（ちらっと見たがすぐに）熱いからとかそういうことじゃなくてさ、どうしてきみが、そんなことまでするんだよ？

男3　いや、どうしてって言われても、ただ熱いのは身体に悪いと思ったんですよ。

男1　だから、熱いとかぬるいとかってのはどうだっていいんだよ。いいかい、風呂の当番は私だよ。それをきみが、いろいろするってのはさ、一種のあれだろ。

男3　でも、けっこう熱かったですよ。

男1　だから、熱いとかぬるいとかってことはどうだっていいって言ってるじゃないか。

男3　風呂ですよ。

男1　風呂だよ。

男3　水でうめたんです。

男1　そんなことはわかってるよ。

男3　だから何が言いたいんですか？

男1　……。

男4、砂の入ったバケツを手に、廊下を来る。

**男4** コバヤシ、終わったのか？
**男5** （ようやく我に返り）いや、
**男6** コバヤシさん、声ですか？
**男5** 気のせいだよ。
**男6** 俺も最近、聞こえるような気がするんです。
**男5** 声？

男2が戻ってきた。

**男3** あれ、早かったな？
**男2** うん。
**男3** 直ってたな。
**男2** うん。
**男4** 何ですか？
**男3** 監視室の扉だよ。
**男4** ああ、あれ、僕が直しました。

男2　いつ？

男1　あ、そこ、コードが絡んでなかったか。

男2　僕、やりましょうか。

男3　俺、そういうの得意なんだ。

男1　いや、いい。

男1、壁際の電気のコードが絡んでいるのを直す。

男4　さてと、砂を替えなくちゃな。

男2　餌は？

男4　やりました。

男4、行ってしまった。

男3　（報告書を見て）コバヤシ、これ、あとは俺が書こうか。

男5　え？

男3　疲れただろ、な、代わってやるよ。

男5　いや、僕の仕事ですから。

と、机に戻り、また報告書を書き続ける。
男2と男3、見ていたが、椅子に腰を下ろした。
間。

**男3**　……夜か。
**男2**　え？
**男3**　いや、何でもないよ。
**男2**　何か言ったろ？
**男3**　なんでもないって。
**男6**　（新聞を読んでいたが）これ、面白いな。
**男3**　なんだ？

と、男2・3・5、立ち上がって、男6が読む新聞をのぞく。

**男2**　……。
**男3**　……。
**男5**　……。

三人、少し気落ちしたように、また、椅子に腰を下ろした。

**男6** ……。

**男2** 初めてなのか？

**男6** ええ。

**男3** しょうがないよ、カトウはここに来てまだ日も浅いからな。

**男2** それどこにあった？

**男6** 資料室から持ってきたんです。昔の新聞は、いちいち面白いですよ。広告とか、テレビの欄も。だけどこの記事、

**男3** 「砂漠監視隊の募集に応募者殺到。受付窓口には徹夜組も」

**男2** あったんだよ、そういう時代が。

**男3** いまじゃ、考えられないけどね。

**男2** ほかの新聞も見たのか？

**男6** いや、順番だと思って。

**男3** もっと凄いぞ、ここの写真がでかでかと出てな。あの頃はあれだろ、見学者も来たんだろ。あったよ、写真がどこかに。

**男2** だけど、イシヅカは、

**男3**　他に行くところがなかったからさ。

**男6**　イワタさんは？

**男2**　他に行くところがなかったからさ。

**男3**　（カトウに）おまえは？

**男6**　他に行くところがなかったから。

**男3**　カトウはあれだっていうじゃないか、町にいられない事情があったって。

**男2**　ああ。

**男6**　違いますよ。

**男3**　女だろ？

**男6**　違います。

**男2**　女か。

**男3**　女な……。

間。

**男5**　しょうがないか。

**男2**　え？

男5、不意に立ち上がり出ていった。

**男3** （見ていたが）あいつ……、

**男2** うん。

**男3** あいつは、あれなんだろ、ここに希望して来たんだろ。

**男2** 珍しいよ。

**男3** いまどきな。

**男2** だけど何だったんだ？

**男3** わからん。あいつが行方不明だった二ヶ月も、声のことも。だけど、何かあったんじゃないか、じゃなかったら、ああはならないよ。

**男2** でも変わってないぜ。

**男3** だから変なんだろ。

**男2** ああ。

**男6** 僕もときどき、

**男3** え？

**男6** 声。

**男2** やめろよ。

**男6** いや、砂漠の向こうから。

**男2**　気のせいだよ。
**男6**　でも、
**男2**　気のせいだ。
**男3**　トランプでもするか？
**男2**　トランプ？
**男3**　七並べとか、ブラックジャックとか。

男7が入ってくる。

**男7**　あの、
**男2**　（気がついて）え？
**男7**　問題を出してもいいですか？
**男2**　おまえ、先に入れよ。
**男1**　（不意に）これはまいった。
**男3**　あ。
**男1**　いやあ、いよいよわからない状態になっちゃったよ。
**男3**　まだやってたんですか？
**男1**　うん、余計ひどくなった。

男2　（立ち上がり）手伝いましょうか？
男1　いや、大丈夫だ。

男4が空になったバケツを手にして来る。

男4　あれ、コバヤシは？
男3　うん、なんか、
男4　え？
男3　向こうに、あれだからって、
男4　終わったんですか？
男3　まだ、ちょっと、なんか、
男4　なんか？
男3　うん、なんかね、
男4　はっきりした話し方してくださいよ。
男3　俺だってコバヤシのことはよくわかんないんだよ。
男7　じゃあ、僕お先に。
男4　え？
男7　風呂。

**男3**　だってコバヤシはあれだろ。
**男4**　え？
**男3**　いや、だからコバヤシだよ。
**男4**　だったら、わからないって言えばいいじゃないですか。
**男2**　おまえどうした、猫の砂？
**男4**　替えました。
**男2**　終わったか。
**男4**　ええ。
**男2**　終わったんだな。
**男4**　バケツ。
**男3**　片付けなくてもいいよ。
**男4**　でも。
**男3**　終わったんだよ。

間。

**男2**　終わったな、今日も一日。
**男3**　ああ。

男たち、ぼんやりするが、男1だけが、電気のコードが絡んだのを直していた。ややあって、

**男1**　ほんとうに困ったな。

**男4**　え？

**男1**　いや、どうにもこうにもね、直らないんだよ。

男たち、ただ絡んだ電気のコードを見ていた。

## 5 手紙とトランプ

ちょうど男1が絡んだコードを直し終えたところだ。それを男3、男4が見ている。机に相変わらず報告書を書く男5がいる。男6は少し離れた椅子で新聞を読む。

**男1** ……。

**男3** ……直りましたか?

**男1** ……うん、直ったみたいだ。

**男3** ……終わりましたね。

**男4** 終わった終わった。

**男1** ……うん、終わったよ。だけど、風呂をね、みんなが入り終えたら、片付けしなくちゃならないからね。

**男6** (新聞から顔を上げ) あ、それ、明日の俺の仕事です。

**男１**　いいよ、やってやるよ。
**男６**　俺の仕事ですから。
**男１**　……でも、ついでだからね、
**男６**　ウチムラさん。
**男１**　……ああ、そうだな、明日のきみの仕事だ。

男1、あきらめて、椅子に腰を下ろす。うながされたように、男3も男4も、椅子に座った。ややあって、

**男３**　……トランプでもしますか？
**男１**　トランプ？
**男３**　このあいだ、スパゲティの袋にあったシールを送ったんですよ。一等がバイクなんです。そしたら当たったのはトランプでした。
**男１**　何等なんだ？
**男３**　五等じゃないですか。
**男４**　二等は何ですか？
**男３**　自転車かな。
**男１**　三等は？

男3　スポーツバッグです。
男1　じゃあ、四等は？
男3　バスケットシューズですか。
男1　へえ。

間。

男1　聞くんじゃなかったな。
男3　え？
男1　いや。
男4　でもそんなもんですよ。
男1　何が？
男4　いや、景品なんて。
男1　ああ、そうなんだろうな、景品なんて、そんなもんなんだろうな。
男4　僕は、昔トランシーバーを当てたことがあるんです。
男1　へえ。
男4　当たりましてね。

間。

男1　……で？

男4　いや、当てたんですけどね。

男1　ああ。

男4　池に落として、壊れちゃいましたけど。

男1　へえ。

間。

男1　どこの池だ？

男4　うちの近所の。

男1　蓮池か？

男4　どこですか？

男1　いや、うちの近くにあったんだけどね。池一面が蓮で覆われてるんだよ。

男4　へえ。

男3　うちの近くには、龍神池がありました。

男1　ほう。

男3　春になると、飯をもった茶碗をお盆に乗せて浮かべるんですよ。
男1　龍が食うんだな。
男3　ええ。そういう伝説って言うんですか、あって。
男4　食べるんですか？
男3　伝説で。
男4　じゃあ、浮かんだ茶碗は？
男3　鰻とかが、出てきて食うんじゃないか？
男1　蓮池には雷魚がいたよ。
男3　へえ。
男1　獰猛なんだよな、雷魚は。
男3　へえ。

間。

男3　……トランプでもしましょうか。
男4　トランプねえ。
男3　何だよ？
男4　いや、べつに。

**男3**　いやだったらいいんだぜ。おまえ、入らなくても。
**男4**　いやなんて言ってませんよ。やりますよ、トランプ。ババヌキでも、七並べでも。
**男3**　いやなのか？
**男4**　いいえ。
**男3**　いやなんだろ、トランプなんてばかばかしいと思ってるんだろ？
**男4**　そんなこと言ってないじゃないですか。

男2が便箋とペンを手にしてくる。

**男3**　（気がついて）イワタ、トランプやるか？
**男2**　いま、ちょっとな、
**男3**　何だよ？
**男2**　急にね、手紙を書こうと思ったんだよ。
**男3**　へえ。

男2、椅子に腰を下ろした。

**男3**　珍しいな手紙なんて。

男2　他にすることがないからさ、手紙でもって思ったんだよ。
男3　手紙なんて何年も書いてないよ。
男2　俺もさ。頭になんて書くんだっけ、ほら、あるだろ手紙らしい言葉が。
男3　ああ、あったな、手紙らしい言葉。
男2　拝啓ってのも変だろ。
男4　（ウチムラに）何て書くんでしたっけ？
男1　前略のことか？
男2　ゼンリャク？
男1　ああ、だから、時候の挨拶とか、そういった前ふりをはぶく言葉だよ。
男2　ああ。
男4　それ、誰に出すんですか？
男2　いや、まだ決めてないよ。
男4　え？
男2　とりあえず、書いとこうと思って。
男4　……。
男3　……。
男1　……何を？
男2　いろいろありますよ。

男1　いろいろって？
男2　こちらの近況とか。あるでしょ、最近、こっちは何がありましたとかって。
男3　何があった？
男2　……。
男4　何がありましたかねえ。
男3　これといってな、
男4　ええ、これといって、
男2　いや、あるよ。
男1　何が？
男2　砂漠です。
男1　砂漠？
男2　ほら、きのうは風が強くて、砂が舞ってたじゃありませんか。午後になって、いくぶん風が弱まると、風に動かされた砂が、きれいな模様を作り出していた。見ませんでしたか。日が陰る頃になると、その模様が微妙な影を作り出すんです。綺麗でしたよ。いままで見たこともないような砂漠でした。見ませんでしたか？
男3　見なかったな。
男2　綺麗だったよ。すごく。
男1　そんなことを誰が喜ぶんだ？

**男2** 喜びませんか？

**男1** 砂漠のことなんて、誰も聞きたいと思わないさ。

**男2** そうかな。

**男1** 誰も喜ばないよ。

**男2** ……じゃあ、ここの生活のことを書きます。

**男1** 絡んだ電気のコードを直していたとか？

**男2** ……。

間。

**男1** 誰も知りたいなんて思わないよ、私たちのことなんて。

上半身裸、で風呂から上がったばかりの男7が来る。

**男7** ……いただきました。

**男3** ああ、出たのか。

**男7** 次、誰かどうぞ。

**男6** じゃあ、俺、いいですか？

**男3**　ああ、入っちゃえよ。
**男6**　はい。

男6、立ち上がって、出てゆく。男7は濡れた頭をタオルで拭きながら、椅子に腰を下ろした。

**男1**　(自分に言い聞かせるように) そうだよ、誰も知りたいなんて思わないよ……。

間。

**男7**　……じゃあ、そろそろ問題を出しましょうか。
**男3**　ああ、出せよ。
**男7**　いいですか?
**男3**　うん。

男7、本を開いて、問題を読む。

**男7**　一九六〇年の問題です。
**男3**　おまえ、声が変だな。

男7　一九六〇年の六月、
男4　ああ、なんか変だな。
男7　初めて専売公社からハイライトが発売されましたが、
男3　やっぱり声が変だよ。
男7　えー、この時、ハイライトは、
男4　ああ、変だよ。
男2　風邪だな。そんな格好してるからだよ。
男7　一九六〇年の問題です。
男1　砂漠は夜が冷えるからな。
男7　一九六〇年の六月、初めて専売公社からハイライトが発売されましたが、この時、ハイライトは幾らで発売されたでしょう？
男3　変だよ、その声。
男1　上に何か着たほうがいいんじゃないか？
男7　幾らで発売されたでしょう？
男5　七〇円。
男1　え？
男5　（男7に）七〇円じゃないのか？
男7　……。

皆、男5を見た。男5は再び報告書を書きつづける。

**男1** （男7に）……上、何か着たほうがいいよ。

**男7** はあ。

と、男7、行こうとした。

**男3** ……トランプでもやりますか。

**男1** ……うん、そうだな。トランプでもやろうか。

トランプの準備が始まった。

# 6 不在と書き置き

さらに数週間後の午後。机の片側で、男1・3が椅子に座り、もう一方の側に、濡れたタオルで顎のあたりを冷やす男5がいる。

**男1** だから、何度も言ってるようにね、べつに私たちだって、きみを責めるとか、詰問するとか、そういう意図があるんじゃないんだ。カスガ君はほら、もともとああいうやつだろ。興奮するとあんなだけど、あれが私の本意じゃない。私だけじゃなく、イシヅカ君もそうだし、イワタ君も、まあ、みんなそうだよ。カスガ君だって、そんなふうには思ってなかったのかもしれないんだ。ついやったことだと思う。だけど、それできみが、そんなに頑なになられても困るんだな。……まあ、ここでは時間がたっぷりあるしね、ゆっくり、話してゆけばいいことだと思うしね……。

**男5** ……。

男1　……どうなのかなあ。
男5　……。
男1　……うん？
男3　何か言えよ。なあ、コバヤシ。
男5　だから、
男3　え？
男5　まったく駄目なんですよ。

間。

男1　……そうか、そうなんだろうね。だけど、何でもいいんだよ。何か手掛かりになることがあると思うんだ。ちょっとしたこと、覚えてることならなんでもいい。話してもしょうがないと思うようなことでもね。ほら、何かあるんじゃないのか？
男5　はい……。
男3　しかし、これ、（と、机の上の二枚を手にし）ほんとによく似てるよ。これ偶然なのかな。字は、（見比べ）……まあ、どっちもどっちだけどさ。文章がさ、似てるんだよ。
男5　だからカトウ君は、僕の書き置きを読んでたんじゃないですか？
男3　まあな。そりゃ、そうかもしれないけど、だからって、こういう書き置きをね、ふつう、真似して書くものかな。たとえば、自殺した人の遺書でもいいよ、人の遺書を読んだ誰かが、それを真似して、自分の自殺の遺書を書くってことはあんまりないだろ。

男5　遺書と書き置きは違いますよ。

男3　だけど、ただの書き置きじゃないと思うんだよ。ちょっとそこまで、煙草を買いに行くとかさ、それを伝えるくらいなら、人の書き置きを真似するってこともあるだろう。だけど、もう一週間、戻ってこないんだぜ。おまえがいなくなったときとそっくりで、しかも、書き置きも似ている。

男1　声が聞こえたって、言ってたなカトウ君も。

男3　ええ。

男5　言ってましたね。

男1　きみの説明を聞いても、私にはよくわからないんだ。（考える）声か、

男5　よく覚えてないんです。

男1　声ね。

男3　幻聴かな。

男1　幻聴？

男3　言いませんか、よく、そういうこと。幻聴って。

男1　私には経験がないからね。

男3　僕もありません。

男1　幻聴だったとして、それでなぜここを出てゆくんだろうね。
男3　さあ。
男1　……コバヤシ君は、これまでそういう経験はあったのかね。幻聴とか、そういったことが。
男5　いえ、べつに。
男3　身体は丈夫なんだろ？
男5　ええ。大きな病気はしたことがありません。
男1　だったら何よりだよ。
男3　ウチムラさんは若い頃、
男1　一度ね、肺炎で入院したことがあった。ここにさ、穴を開けて管を通すんだよ。
男3　肺まで？
男1　ああ。痛いぞお、何がいやって、あれが一番参ったな。
男3　僕の知り合いで、脊髄に針を刺して、髄液って言うんですか、それとって、検査したやつがいるんですけどね、逃げ出したそうですよ、二度目をやるとき。
男1　痛いんだろうな。
男3　ええ。
男5　ただ、ときどきなんですけど、
男3　え？
男5　いや、ときどき、背中のこのあたりが痛いんですよ。

男1　背中？
男5　ええ、このあたりが。
男3　肝臓かな。
男5　え？
男3　肝臓だよ。
男1　肝臓は悪くなるとひどいからな。
男5　……。
男3　なんだよ、気になるのか。
男5　いや。
男3　気にしてもしょうがないよ。肝臓は悪くなったらおしまいだからな。
男5　イシヅカさん……。
男1　……だけど、円周率を計算したやつは偉いな。
男5　は？
男1　いや、別に関係ないけど、入院したときがほら、ちょうど中学生でね、数学の勉強をベッドでしてたのを、なんか急にいま、思い出したんだよ。
男3　……どういうことですか？
男1　いや、別になんでもない。ただそう思って、
男5　インドにヤールヤバタってのがいましてね、

男１　ヤ？

男５　ヤールヤバタ。

男１　ほう。

男５　五世紀頃、３・１４１６を計算で導きだしてるんですよ。

男１　へえ。よく知ってるな、そんなこと。

男３　πでしたっけ？

男１　ああ、πだ。

男５　３・１４１５９２６５３５８９７９３２３８４６２６４３３８３２７９５０２８８４１９
７１６９３９９３７５１０。

茫然とする男１と男３。

男１　……コバヤシ君。

男２が来る。

男２　え？

男３　え？

男2　いや、
男3　それでどうした。カスガ？
男2　ああ、落ちついたみたいだ。向こうでお茶飲んでる。（男5に）まだ、痛むか。
男5　いえ。
男2　笑ったよ、殴った右手が腫れたってさ。コバヤシより、カスガのほうがひどいんじゃないか？
男3　へえ。
男1　（まだ茫然としていた）
男2　（気付いて）どうしたんですか？
男1　……いや、いま、凄いことが起こってね。
男2　え？
男3　（天井を見上げ）あ。
男2　え？
男3　いま、猫が天井で走らなかったか？
男2　そうか？
男3　音がしたろ、ばたばたって。
男1　聞こえなかったよ。
男3　気のせいかな。

男1　きみまで幻聴か？
男2　幻聴って？
男3　いや、だから、コバヤシとカトウが聞いたっていう、例の声だよ。
男2　ああ。（男5に）あれ幻聴か？
男1　そうじゃないかっていま、イシヅカ君が言うんだ。
男2　幻聴なのか？
男5　さあ。
男2　いままで、そういう経験はあったのか？
男5　いや、これまで、そういうことはありませんでした。
男3　でも、背中が痛むって言うんだ。
男2　どういうことだよ？
男5　いや、背中のこのあたりが痛むんですけどね。
男2　肝臓だよ。
男3　ああ、俺も言ったんだ。
男2　肝臓はひどいぞ。
男5　……。
男3　よく知らないけど、肝臓って治らないんだろ？
男2　だめなんじゃないか。

男3　死ぬまでだろ。

男2　ああ、死ぬまでな。

男1　ハーメルンの笛吹きって話があったな。

男3　え？

男1　ほら、あるだろ、笛吹きの笛につられて子供たちが町を出てゆく話が。聞いたことないか？

男2　じゃあ、コバヤシの聞いた声は、ハーメルンの笛ですか？

男3　どんな話でしたっけ？

男1　だから、ハーメルンて町があるんだよ。

男2　どこですか？

男1　ヨーロッパとか、あっちだろ。

男2　ああ。

男1　それで、なんか、笛吹きがいて、笛を吹くだろ。で、町の子供を連れてっちゃうんだ。

男3　ああ。

男1　なんか、そういう話だと思ったけどね。

男5　その男は、鼠を駆除する仕事だったんですよ。笛を吹くと、町中の鼠が男の後を着いて行く。鼠は川に落ちてみんな死んでしまうんだけど、仕事を依頼した町では、男に報酬を払わないんですね。怒った男は、また笛を吹いて、今度は子供たちを連れ去った。

男2　おまえ、なんでそんなことに詳しいんだよ？

**男3**　じゃあ、鼠かな。
**男2**　え？
**男3**　いや、さっき天井で動いたからさ。猫じゃなくて鼠かと思ったんだよ。
**男2**　だから、聞こえなかったよ。
**男3**　そうか？
**男5**　……。

と、廊下から、男4が来る。あとから、男7もついてくる。

**男1**　あ。

男たち、気がついて椅子から立ち上がって、逃げようとした。

**男1**　カスガ君、もういいだろ、な、もう落ちついたろ。
**男4**　コバヤシ。
**男5**　は、
**男4**　悪かった。
**男5**　え。

**男4** なんか、俺、我を忘れちゃってな、そういうつもりじゃなかったんだけど、なんか、つい手が出ちゃって。……痛くなかったか。……俺は痛かったよ。こんなにぶくぶくに腫れちゃったし。（じっと手を見ていたが）……ちきしょう。

間。

**男1** （男2に）きみ、やっぱり、（と指で食堂を示す）

**男2** はあ。（男4に）カスガ、向こうに行こう。そのほうがいいよ。（と男4を連れてゆこうとする）

**男4** だけど、カトウはどうしたんですかねえ。やっぱり変ですよ。こんなことが二度あるなんておかしいですよ。

**男2** カスガ、さあ、向こうだ、な、カスガ。

**男4** コバヤシ、俺が悪かったよ、許してくれよな、コバヤシ。

男2と男7、男4を抱えるようにして連れてゆく。

**男1** （見ていたが）……しかし、今のコバヤシ君の話だと、声がハーメルンの笛だとしたら、誰かが私たちに腹を立ててるってことになるんだな。

**男3** ええ。

男1　何か悪いことしたか？
男3　え？
男1　誰かが悪いことをして、それで今度みたいなあれが起きたとかな。
男5　（不意に）すいません。
男3　なんだよ？
男5　いえ、
男1　なんかしたのか？
男5　あんまり暑かったんで、水槽で水浴びしました。
男1　タンクで？
男5　はい。
男1　いつ？
男5　先週。
男3　飲料水の？
男5　はい。
男1　タンクに入ったんじゃないだろうな。
男5　肩までつかりました。

間。

男1　……なんか、気持ちが悪くなってきた。
男3　おまえ、カスガが知ったら、大変なことになるぞ。
男5　すいません。

間。

男1　……まあ、そんなことは、どうだっていいんだよ。
男3　え。
男1　カトウ君がいなくなって、もう一週間になるんだからな。……どういうことなんだろうね、コバヤシ君。
男5　はあ。
男3　座れよ。
男5　はい。

それぞれ、椅子に腰を下ろした。

男1　……まあ、コバヤシ君が何か隠してるとかそんなふうに私は思っちゃいないんだ。ただ、

きみしか、手掛かりになることがないからね。ま、それで、さっきから、こうして質問しているわけでね、

男5　はい。

男3　調べたんだよ、いろいろ。

男5　いろいろ？

男3　過去にね、やっぱり、行方不明になった隊員が、5人いた。記録に残ってたんだ。だけど、こんな短い期間に、二人も行方がわからなくなるなんて記録はなかったよ。コバヤシに続いて、カトウがいなくなった。それからもうひとつ、戻って来たっていうのもね、お前が初めてだった。

男5　カトウも戻ってきますよ。

男1　だったらいいんだけどね。

男5　……。

男3　……何かあるだろ。何かちょっとしたことでいいから話してくれよ。

男5　そう言われても……。

男1　じゃあ、具体的なことじゃなくてもいいよ、もっと、なんていうか、匂いとかさ、色とかね、

男5　匂い？

男1　ないか？

男5　……声を聞いたとき、懐かしい気分がしました。

男3　懐かしい？
男1　声がそうさせるのかね。
男5　どうなんでしょう。

間。

男1　……声か。
男3　懐かしい気分ねえ。

不意に立ち上がる男5。立ち上がって、廊下を探す。

男3　なんだよ？
男5　いや、猫が鳴いたように思ったから。
男3　そっちか、天井じゃないのか？
男5　あ、そうか。それで思ったんですよ。どうしてそんなこと思ったのかよくわからないけど、その時、思ったんです。
男1　なんだい？
男5　だから、こんなに遠くまで来たら、もう一人では帰れないって。

男1　え？
男3　なんだよ、それ？
男5　いや、ただ思ったんです。こんなに遠くまで来たら、もう一人では帰れないって。
男1　こんなに遠くまで来たら、もう一人では帰れない……、
男3　子供だよ、それじゃあ。
男1　それで帰ろうと思ったのかな。
男5　僕は帰ろうとしてたんですか？
男3　どこへ？

間。

男1　コバヤシ君、出身はどこだっけ、生まれた場所とか、育った場所とか。
男5　岩手です。
男1　ほう。
男3　岩手はどこだ？
男5　ほんとは宮崎です。
男1　……。
男5　……。

**男3**　え？

**男1**　どういうことだ？

**男5**　いや、口をついて出ただけで、べつに意味はありません。

**男1**　そんなこと口をついて出るか？

**男5**　なんとなく。

**男3**　宮崎はほんとなんだな？

**男5**　ええ。

**男1**　じゃあ岩手ってなんだよ？

**男5**　なんでしょう？

男4が来る。様子がかなり変だ。あとから、男2と男7が追ってくる。部屋に入ってくると、男5をにらみつけた。部屋の隅まで逃げる男5。

**男1**　どうしたんだ、おい。え、なんなんだ？

**男3**　カスガ。

**男1**　（男2に）どうしたんだよ？

**男2**　いや、ちょっとビールを飲ませたら、様子がおかしくて。

**男1**　なぜ飲ませるんだよ、ビールなんか。

男4　コバヤシ。
男5　は？
男4　俺が悪かった。ほんとに俺が悪かった。だから、きょうはおまえの誕生日だ。おまえはいいやつだし、誰も悪く思っちゃいないからな、自転車の鍵も持ってるし、だから、表に出ろ。鍵を忘れずに持てよ。
男2　おまえ、言ってることがおかしいぞ。
男4　え？
男2　自分でもそう思わないか？
男4　あ。（と天井を見上げた）
男2　え？
男4　猫ですよ。
男3　やっぱりいるだろ、天井に。
男4　まずいな、砂を替えなくちゃ。

と、出てゆく。

男2　おい、カスガ。
男1　大丈夫なのか？

**男2** 見てきます。

男2はあとを追った。

**男1** (男7に) 飲んだのか?
**男7** 飲んだんですよ。
**男1** 飲ませたのか?
**男7** イワタさんも飲みましたからね。
**男3** おまえは?
**男7** いただきました。
**男1** ……喉が乾いたな。私たちも飲もうか。
**男3** じゃ、取ってきます。
**男7** 僕、行きましょうか。
**男3** いいよ。(男5に) コバヤシも飲むだろ?
**男5** はあ。

男3、出ていった。

**男1**　まあ、座ろう。
**男5**　はい。

男1と男5、椅子に腰を下ろした。

**男7**　僕、仕事に戻ります。
**男1**　いいよ。
**男7**　でも、
**男1**　まあいいから、もう少し飲みなさい。
**男7**　はあ。

男7も椅子に腰を下ろした。

**男1**　ノムラ君は、どこだっけ?
**男7**　何ですか?
**男1**　出身だよ。
**男7**　岩手です。

間。

男7　……どうかしましたか？

男1　いや、いいんだけどね、

男7　ウチムラさんは？

男1　岩手だよ。

男5　え。

男7　ああ、岩手はどこですか？

男1　もう、その話はいいよ。

男7　え？

男1　……だけど、やっぱりわからないよ。コバヤシ君の話を聞いてもまったくわからない……。こんなに遠くまで来たら、もう一人では帰れないじゃないか。

男5　でも、それ以外、思い出せることなんてないし、

男1　どうして私には聞こえないのかな。

男5　何ですか？

男1　いや、思うんだよ。どうして、きみたちに聞こえて、私には聞こえないのかと思ってね、だって、聞こえたっていいじゃないか、きみが特別ってこともないだろ。ノムラ君だっていいじゃないか、声が聞こえても。

男5　僕にもわかりません。どうして僕に聞こえたのか。

間。

男1　しかし、ここはめったに音が聞こえないな。ときどき風が吹いて砂の音がするけど、それ以外には、なにも音がしない。で、夜、誰かが廊下を歩くだろ、やけにその音がよく聞こえるんだ。水を流す音とか、コップを置いた音とかね。……ほんとは何か聞こえているのかな。だとしたら、気がついていないだけなのかもしれない。きみとカトウ君はそれに気がついた。気がついて、ここを出ていった。

男5　……。

男1　何だろう、それは。

男7　問題を出しましょうか。

男5　……あ、向こうで、

男1　え?

男5　いや、向こうで。

男1　音?

男5　なんか倒したのかな。いま、

男1　聞こえたのか?

男5　ええ。
男1　カスガか？

三人、耳をすました。

男1　……聞こえないよ、なにも。
男5　でもいま、がたって。
男7　僕、耳はいいほうなんです。
男1　へえ。
男7　地下鉄で、向かいの座席に座ってる人の話し声がわかるんですよ。
男1　そりゃあ、耳がいいよ。
男5　ありましたね、昔、耳の検査って。こういう、なんか、機械を耳にあてて。
男1　ピーとかって音がするんだろ。

男2が戻ってきた。

男2　え？
男1　え？

男2　いま、ピーとかって、

男1　ああ、だから耳の検査だよ。

男2　耳の検査？

男5　やりませんでしたか、耳の検査。

男2　あったな、ピーとかって音がするやつ。

男1　昔はあんな機械がなくてね、先生が、少し離れた位置から声を出すんだよ。それで判定するんだな。どれくらいの声が聞こえるか。

男2　先生って、医者ですか？

男1　いや、よく覚えてないけど、学校の先生じゃなかったか。

男2　じゃあ、音の大きさが一定かどうかなんて、わかんないじゃないですか。

男1　ああ、そうだな。

男5　何を言ってたんですか？

男1　え？

男5　いや、だからその先生が。

男1　……なんだろうね。

男2　聞こえるかあ、とか、

男1　聞こえるかあって、ことはないだろう。

男5　先生がピーって言ったんですか、口で。

**男1**　いや、何かあったんじゃないか、決まりの言葉が。

男3がビールの缶を抱えて入ってくる。

**男3**　おい、なんかつまみとかなかったか？
**男2**　つまみ？
**男3**　探したけど、適当なものがないんだよ。
**男7**　棚は見ましたか？
**男3**　あれ、カスガは？
**男1**　ああ、そうだよ、カスガ君、どうした？
**男2**　いや、向こうで砂を掘ってますから。
**男1**　大丈夫なのか、ほっといて。
**男2**　大丈夫でしょう、猫の砂ですから。
**男3**　それで落ち着くんじゃないですか。（と言いつつ、ビールを机に置く）下手に構うとよけいあれですよ。
**男1**　まあ、そうかな。
**男3**　じゃあ、棚にあるのか、つまみ？
**男7**　僕、行きます。

**男3**　うん、頼むよ。

男7、出てゆく。それぞれ、ビールを手にすると、椅子に腰を下ろした。ビールを飲む。ややあって、

**男1**　……イシヅカ君はどうだった？

**男3**　え？

廊下をバケツを手にした男4が通り過ぎる。皆、見たが、

**男3**　……どうだったって、何ですか？

**男1**　だから、耳の検査だよ。機械だったか、やっぱり。

**男3**　ああ、ピーって、音のする？

**男2**　ウチムラさんの時代は、先生がピーって言ってたらしいよ、口で。

**男3**　先生が？

**男5**　少し離れた位置から、先生がピーって言うんですって、口で。

**男3**　知らないなあ。そんなのあったんですか？

**男1**　あったんだよ。ピーっとは言わなかったと思うけどね、口で。

**男2**　知らないなあ。小さな部屋に入ったんですよ。なんか、こういうものを耳にあてて、

**男1**　小さな部屋?
**男2**　やりましたよ、小さな部屋に入って。
**男3**　それで、音がすると、ボタンかなんか押すんだよな。
**男2**　そうそう。
**男1**　……しかし、コバヤシ君の耳は、いい形をしてるな。
**男5**　え?
**男2**　いいですね。
**男3**　ほんとだ。
**男5**　そうですか。
**男1**　ああ、いいよ。

三人、男5の耳を見る。

**男2**　カトウの耳はどんなだったかな。
**男3**　どうかな。覚えてないよ。
**男1**　まあ、ふつう、人の耳の形なんて気にしないからね。
**男2**　いい耳だよ。
**男3**　うん。

男1　この耳が声を聞いたのか。
男5　べつに特別な耳じゃないですよ。

廊下を、男4が空になったバケツを手にして通り過ぎる。
皆、見たが、

男2　この耳が声を聞いたんですね。
男3　うん、この耳がな。
男1　この耳だ。
男3　ちょっと触ってもいいか？
男5　やめてくださいよ。
男3　いいじゃないか。
男5　そんなことして何になるんですか？
男2　なんかわかるかもしれないよ。
男3　触らせろよ。
男5　やめてください。
男3　な。

男3、男5の耳を触る。

**男2**　どうだ？

**男3**　うん、なかなかだよ。

**男2**　そうか。

と、男2も触った。

**男3**　な。

**男2**　うん。

**男1**　じゃあ、わたしも。

**男3**　触っといたほうがいいですよ。

**男1**　うん。

男1も触った。触り終え、それぞれ、ビールを飲んだ。

**男1**　……こんなに遠くまで来たら、もう一人では帰れないか。

**男2**　なんですか、それ？

**男3**　思ったっていうんだよ、コバヤシが。
**男2**　どういうことだ?
**男5**　声を聞いて、それでそんなふうに思って。

男4が砂の入ったバケツを手に廊下を行く。
男5、気がついて、皆、見たが、

**男1**　……まあ、そんなに結論を急ぐ訳じゃないからね、ゆっくり考えればいいよ。
**男3**　耳が言ったのかな。
**男2**　え?
**男3**　その耳だよ。耳をずっと見てたらね、耳だけ、べつの生き物に見えてきたんだ。たまたまコバヤシのところにいる。けど、ほんとはそうじゃなくて、どこかに帰る場所があるんだ。声を聞いて耳が思い出したんだよ、帰る場所を。
**男1**　やめてくれよ。
**男2**　あれ、カスガ、また砂を運んでたぞ。
**男3**　あ。
**男1**　そんなに猫の砂って替えるのか?

三人、立ち上がって、廊下に出てゆく。

**男5** これ、僕の耳じゃないんですか?

**男1** (廊下の先を見て)あ。

そのまま、三人は廊下を行く。男5だけが、残された。

**男5** ……。

頭を傾け、叩くと、耳から砂が零れる。廊下から男たちが来る。バケツを手にした男4が先をずんずん行こうとするが、それを男1・2・3が行かせまいとする。

**男3** やめろ、カスガ。

**男2** もう、猫の砂はいいよ。

**男1** やめなさいカスガ君。

**男4** でも、替えなきゃなりませんから。

**男2** あそこはベッドだぞ。

**男4** 放せ、放してくれえ。

そのまま、廊下を通り過ぎた。ややあって、男7が来る。

**男7**　（見て）あれ、なんか、大変なことになってませんか？

**男5**　うん、どうしたんだろうね。

**男7**　つまみ、何にもないんでかまぼこを切ってきました。（と机の上に置く）

**男5**　そうか。

**男7**　（机の上の砂を見つけ）砂ですね。

**男5**　うん。

男7、机の上にある、書き置きを手にした。

**男7**　でもほんと、これ似てますよ。

**男5**　書き置きなんて、たいていそんなもんだよ。

**男7**　（書き置きを読む）「少しのあいだ、ここを留守にしますが、心配しないでください。すぐに戻ってくるつもりです。皆さんに気がつかれないよう、まだ朝の暗い時間にそっと出てゆきます。砂漠を西に向かって歩きますが、あとを追って探そうとは思わないで下さい。足跡は風が消してしまうでしょう。僕の姿は砂が隠してしまうでしょう。ここにいるのが苦痛だから出てゆくのではなく、耳の中で次第に大きくなる声、僕以外の誰にも聞こえないあの声を、もっとはっきり聞こうと思います。つまり僕は、耳をすますためにここを出てゆきます。またお会いしましょう。きっと、僕は帰ってきますから」

**男5**　あれ、

**男7**　え?

**男5**　聞こえないか、向こうから。

二人、耳をすます。

**男7**　……何も聞こえません。

二人、しばらく耳をすました。

## 7 夜、再び

あたかもそれはあの夜のように、もう何もすることのない時間で、ただ男5だけが机で報告書を書くほかは、男1・2・3・4・7は、それぞれ椅子に腰を下ろしていた。

**男1** へえ、それは面白いねえ。
**男4** ええ。
**男1** うん、面白いよ。
**男3** あるんだな、世の中にはそういうことも。
**男2** あるんだよ、そういうことも。
**男4** だけど、その話には後日談がありましてね、何日かして、またその壁の前を歩いたんだそうです。そしたら、貼り紙があって、その貼り紙にね、百円て、書いてあったんですよ。
**男1** へえ。

男2　百円か、百円はいいな。
男3　二百円にしたっていいじゃないか。
男4　だけど、百円にしたところがいいでしょ。
男1　だいたい字面がいいよ、百円は。
男4　そうですよね。
男3　百円か。
男2　百円な。

間。

男1　貼り紙って言えばね、何年かまえ、その頃は、千葉にいたんだけど、家の近くを歩いてたんだよ。そしたらね、道に洗濯機が置いてあるんだ。何だろうと思って、見たんだけど、貼り紙がしてあってね、使ってますって書いてあるんだ。
男3　へえ。
男4　それ、使ってたんでしょうね。
男1　うん、使ってるんだよ、きっと。
男4　貼り紙をしとかないと、ごみだと思われるんでしょうね。
男1　そうなんだろうな。

男2　よっぽどひどかったんですか、洗濯機。
男1　ああ、ぼろぼろでね、さびだらけで。
男3　わざわざ貼り紙しなきゃ、持ってゆくやつがいるんでしょうね。だからほら、よく、乾燥剤とかでさ、食べられませんて書いてあるだろ。
男4　ああ。
男3　あれ、わざわざ書かなきゃ、食べるやつがいるんだよ。
男1　いるんだねえ。
男3　いるんですよ。
男4　どうして食べるんですかねぇ。
男2　つい食べちゃうんだろうな。
男3　ついな。
男2　うん。
男1　食べるんだろうな。
男4　ええ。

カトウによく似た男8が風呂から上がって戻ってきた。

男8　いただきました。

**男3**　（気がついて）ああ、出たのか。
**男8**　次、誰かどうぞ。
**男3**　じゃあ、俺、入ろうかな。
**男2**　入っちゃえよ。
**男3**　うん。

男3、立ち上がって、出てゆく。男8は濡れた頭をタオルで拭きながら、椅子に腰を下ろした。

**男7**　……じゃあ、そろそろ問題を出しましょうか。
**男1**　え？
**男7**　いや、クイズです。
**男2**　ああ、出してみろよ。
**男7**　いいですか？
**男2**　うん。

男7、本を開いて、問題を読む。

**男7**　一九六八年の問題です。

男2　一九六八年か。
男7　一九六八年の十月、ラテンアメリカで初めてのオリンピック大会がメキシコで開催されました。過去最高の百十二ヶ国が参加したこの大会で、さて日本は金メダルを幾つ獲得したでしょう。

皆、考えた。

男7　どうですか？
男4　しかし、それにしてもよく似てるよ。
男1　え？
男4　いや、タタラが。
男8　僕ですか？
男4　カトウってのがいたんだよ。似てるよ。すごく。
男2　そうだろ、俺もそう思ってたんだ。
男1　そうだな、似てるな。
男4　ええ、似てますよ。
男8　気持ち悪いな。

皆、男8をじっと見る。

**男7**　一九六八年の問題です。

**男1**　カトウはもう少し大きくなかったか？

**男2**　おまえ、身長は？

**男8**　173です。

**男1**　カトウはどうだったかな。

**男4**　もう少しありましたよ。

**男8**　カトウさん、どうしたんですか？

**男1**　……うん、ちょっとね。

**男8**　ちょっと？

**男2**　出ていって、戻ってこないんだ。

**男8**　どういうことですか？

間。

**男1**　……わからないんだよ。

男3が廊下を戻ってきた。

**男3**　石鹸、切れてるじゃないか。

と、廊下を通り過ぎた。

**男5**　よし、出来た。

**男1**　え？

**男5**　いや、報告書、ようやく書き上がりました。

**男2**　終わったのか。

**男5**　ええ。

**男2**　終わったんだな。

**男5**　はい……。

間。

**男1**　（男8に）……上、何か着たほうがいいよ。

**男8**　はあ。

**男4**　風邪、ひくぞ。
**男8**　はい。

男8、出ていった。

**男1**　（男8を見ていたが）しかし、よく似てるよ。
**男4**　ええ。
**男2**　……トランプでもやりますか？
**男1**　そうだな。トランプでもやろうか……。
**男2**　トランプどうした？
**男7**　僕、持ってます。
**男1**　よし、じゃあ、やろう。コバヤシも入るだろ？
**男5**　はあ。
**男2**　（男7に）貸せよ、俺が切るよ。
**男7**　はい。（とトランプを渡す）

皆、机を囲んだ。

男2　何にしますか？（トランプを切る）
男1　ページワンはどうだ。単純でいいだろう。
男4　ああ、いいですね。
男2　じゃあ、そうしましょうか。（と配り始めた）
男4　あれ、何してるんですか？
男2　え？
男4　ページワンでしょ？
男2　ああ。
男4　ページワンは五枚ずつ配るんじゃないですか？
男2　そうか？
男1　いや、五枚ずつ配るのはブラックジャックだよ。
男5　ナポレオンでしょう。
男2　ナポレオンて？
男5　ありませんか、そういうトランプ？
男7　セブンブリッジは？
男4　何が？
男7　いや、五枚配るっていえば、

間。

男1　ばかいうなよ、セブンブリッジは、セブンていうくらいで、七枚じゃないのか。

男5　（また報告書を書く）

男1　……何してんだよ？

男5　いや、字が間違ってたから。

男4　じゃあ、ダウトは？

男2　え？

男4　五枚じゃないですか、ダウトは？

男2　ダウトは数が決まってたか？

男4　決まってませんか？

男1　ダウトって何だ？

男2　え？

男1　なんだそれ、トランプか？

男4　知りませんか、ダウト？

男1　知らないよ。

男2　七並べにするか。

男4　ああ、七並べはいいですよ。

**男7**　そうですね。単純でいいですよ。
**男1**　そうだな、単純でいいな。
**男2**　じゃあ、始めますよ。
**男1**　うん。

男2、再び配り始めた。

# 8 トランプ

机を囲んで、男1・2・4・5・7がいる。机の上には、トランプが散乱している。

**男2** ……どうしますか？（とトランプをまとめる）
**男1** うん。
**男4** コバヤシ、強いな。
**男5** そうですか？
**男4** ものすごく強いよ。
**男5** それほど、
**男4** だって、十五連勝だろ。
**男5** すいません。
**男1** いや、べつにあやまることはないよ。

**男5** ですけど、
**男4** 強いよ。
**男1** なかなか、七並べで十五連勝は出来ないよ。
**男2** どうしますか、まだやりますか？
**男1** やっぱりこういうものは、金を賭けないと本気がでないもんだな。
**男5** 金？
**男4** 賭けますか？
**男2** だめですよ、規則では禁じられてますからね。
**男1** まあな。

男4、立ち上がって行こうとする。

**男2** なんだよ？
**男4** いや、
**男2** やらないのか？
**男4** またコバヤシが勝ちますよ。
**男5** （立ち上がり）じゃあ、僕、
**男2** え？

**男5** 僕さえいなければいいんですよね。
**男4** そんなこと言ってないよ。
**男1** 七並べはやめよう。な、カスガ、コバヤシだって、そうそう勝つもんじゃないよ。
**男4** ですが、
**男1** 手品やろうか？
**男2** 手品？
**男1** うん、トランプで。
**男4** ウチムラさん、そんなこと出来るんですか？
**男1** 昔、ちょっと覚えてね。
**男5** 面白そうですね。
**男2** やってください。

と、トランプを男1に渡す。

**男1** じゃあ、いいか。（と切る）……コバヤシ君、この中から好きなカードを一枚、選んでくれ。
**男5** はい。

男5、カードを一枚、抜き取る。

**男1** じゃあ、私に見せないように、戻しなさい。
**男5** はい。

男1、カードを戻した。

**男1** じゃあいいかい、（カードを切り、そして、一枚抜き出した。）……コバヤシ君が引いたのは、このカードじゃないか？（と出す）
**男5** え？
**男1** 違うのか？
**男5** ……そんなこと最初に言ってくださいよ。
**男1** え？
**男5** 覚えてませんよ。
**男4** だって、今引いたんだろ？
**男5** 引いただけで、見てないもん。

間。

男1　もう一回、やろうか。
男2　そうですね、そうしましょう。
男1　じゃあ、コバヤシ君、いいかい、今度はしっかり覚えてくれよ。
男5　はい。

カードを一枚引いて、確かめる。

男5　よし、今度は覚えた。（と戻す）
男4　コバヤシ、（首のあたりを示し）ここ。
男5　え？（と自分の首のあたりを気にした。）
男1　じゃあ、いいね。（とさらに切る。）……コバヤシ君が引いたカードはこれじゃないのか？

と、カードを出した。男5、じっと見る。

男5　……。
男1　どうだ？
男5　……。
男1　……コバヤシ君。

**男5**　……。
**男2**　どうしたんだよ？

間。

**男1**　コバヤシ君。
**男2**　コバヤシ。
**男4**　コバヤシ。
**男7**　コバヤシさん。
**男1**　おい、コバヤシ君。

皆、呼びつづけるが、男5、答えられない。

# 9 集団催眠

相変わらず、男1・2・4・5・7がいる。皆、ぼんやりしていたが、不意に、

**男4**　集団催眠をやります。
**男1**　え？
**男2**　なんだって？
**男4**　集団催眠ですよ。
**男7**　なんですか、それ？
**男4**　ここにいるみんなを、眠らせるんだよ。
**男たち**　……。

ビールを手にした男3が来る。

男3　え？
男4　え？
男3　いい風呂だったよ。次、誰か入ったら。
男2　いまなんか、カスガがね。
男3　なんだ？
男7　集団催眠だそうです。
男3　なんだよそれ？
男1　眠らせるって言うんだ。
男3　へえ。
男1　やってみろよ、面白そうだよ。
男4　はい。じゃあ、みんな、椅子に腰を下ろして気分をリラックスさせて下さい。

と、いきなり男2が、椅子に座ったまま眠ってしまう。

男3　何だよ？
男5　イワタさん。
男3　イワタ。

**男1**　どうしたんだイワタ君。
**男4**　イワタさん。
**男5**　イワタさん。

皆、呼び掛けるが、いっこうに男2は目を覚まさない。

## 10 机の下

男1・2・3・4・5・7がいる。
男2は眠り、男7は本を読む。

**男1** （男7に小声で）……机の下にね、入ってみようかと思うんだ。
**男3** （気がついて）なんですか？
**男1** （気がつかれはっとし）……前から思ってたんだ、机の下に入ってみようかって。
**男4** いいんじゃないですか。
**男3** え？
**男4** いや、入っても。
**男1** いいかな。
**男4** いいですよ。

**男3**　だけど、机の下ですよ。
**男4**　いけませんか？
**男3**　いや、いけなくはないけどね。
**男4**　だったらいいですよ。
**男1**　そうかな。
**男4**　ええ。
**男1**　だったら、

男1、机の下に潜り込む。皆、見ていたが、男5、真似して潜ろうとした。

**男4**　コバヤシはいいよ。

男5、男4を見た。

## 11 女

男1は机の下にいる。男2は眠っている。男3はビールを飲み、男4と男7は本を読んでいる。男5が立ち上がった。

**男5** あ。（と窓辺に行く）
**男3** なんだよ？
**男5** いえ、ちょっと（耳をすました。）
**男3** また、声か？
**男5** いや、
**男3** いやって？
**男5** なんでもないんです。
**男3** 前から思ってたんだけどさ、おまえ、女を知らないだろ。

男5　女？
男3　知らないんだろ？
男5　……。
男3　コバヤシ。
男5　……。
男3　え？
男4　知らないな。

はっとして、男3と男5は、男4を見た。
廊下を男8が通り過ぎた。気がついて、

男3　……似てるよ。カトウに。
男5　ええ。

## 12 読む

男1は机の下にいる。男2は眠っている。男3はビールを飲む。男5は窓辺で耳をすまし、男7は本を読んでいた。男4、男3を見て、

**男4** …………イシヅカさん、首筋に虫がいますよ。
**男3** え?
**男4** 動かないで下さい、いま取りますから。
**男3** ああ。

男4、ゆっくり動いて、取ろうとする。

**男7** (本を読んで)死んでしまったものはもう何事も語らない。ついにやってこないものはその

充たされない苦痛を私達に訴えない。ただなし得なかった悲痛な願望が、私達に姿を見せることもない永劫の何物かが、なにごとかに固執しつづけているひとりの精霊のように、高い虚空の風の流れの中で鳴っている。

**男4**　……あ、耳だった。

**男3**　え？

## 13 さらに、夜

机を囲んで男たちがいる。男1は机の下にいる。男2は眠り、男5は窓辺で耳をすます。

**男3** だけど沖縄はどうなのかな。
**男4** 暑いですよ。むっとする感じですよ。
**男3** やっぱり暑いのか。
**男4** 熱帯でしょ、沖縄は。
**男7** 亜熱帯ですよ。
**男4** （男7に）暑いのか？
**男7** 暑いですよ。
**男3** ほら、いつだっけ、本部に行った帰りに鰻屋に入ったじゃないか。
**男4** ああ、入りましたね。

**男3**　夏でさ、むっとしてたろ。あんな感じかな。
**男4**　暑かったですよね。

机の下から男1が出てくる。

**男1**　あったよ、ほら。（とネジを手にした。）
**男4**　ありましたか。
**男1**　やっかいだな、こういう細かいものは。

間。

**男3**　寒くなってきたな。
**男1**　（ポケットにネジを入れ）着たほうがいいよ、上。
**男3**　ええ。
**男4**　風邪ひきますよ。
**男3**　うん。

立ち上がると、出てゆく。

男1　空港に降りると、湿気がね、まとわりつくんだ。
男4　え？
男1　沖縄。いま、話してたろ？
男4　ああ。
男7　湿気ですか？
男1　ああ、ひどいよ、湿気が。
男4　へえ。
男1　暑いんだよ。
男4　暑いんでしょうね。

ふと、男2が目を覚ました。

男2　あれ、どうしたんだ俺？
男4　起きましたか？
男2　…………ああ、
男1　しかし、最近、食べてないよ。
男2　え？

男1　いや、鰻。
男2　ああ。
男4　ここじゃ無理ですよ。
男1　でも冷凍とか、あるんだろ、最近は。
男4　冷凍じゃ美味しくないでしょう。
男1　そりゃそうだけどね、食べないよりましだよ。

男3、上着を持って帰ってくる。

男4　だったら、寿司は？
男1　寿司の冷凍なんて駄目だよ。
男4　駄目ですか。
男1　ああ、お話にならないね。
男3　食べてみたいな、たまにはさ。
男4　明日はなんでしたっけ？
男2　カレーだよ。
男1　もう木曜か？
男2　ええ、僕が当番ですから。

男1　早いな、一週間なんて。
男3　早いですよ。
男1　まったく早いよ。

間。

男4　子供の頃は長かったですよね。
男2　そうそう。
男4　いまじゃ、一年なんてあっという間でしょ。
男2　だからほら、子供の頃ね、歴史の本とか読むとびっくりするんだよ。武田の軍勢が五年間、機をうかがってたなんてあるだろ。五年も何してたんだろうって思うじゃないか。だって、五年だぜ。五年なんていったら、子供には途方もなく長いだろ。
男1　ああ、子供には長いよ。
男2　長いぜ。
男1　五年は長いよ。
男4　想像も出来ませんよ。
男2　生きてる半分くらいだろ。
男1　長いな、子供にとって五年は……。

**男5** （ごく小さな声で）こんなに遠くまで来たら、もう一人では帰れない。

**男4** え？

皆、男5を見た。

**男2** 何か言ったか？

**男3** コバヤシ。

**男5** ………いや。

間。

**男1** それで思い出したんだけどね、ピカソが友だちとレストランに入ったって言うんだ。

**男4** ええ。

**男1** 店のオーナーがピカソだってことに気がついてね、簡単な絵を描いてもらった。だけど、タダでもらうのは気がひけるからさあ、幾らですかってピカソに訊いたんだよ。

**男2** ああ。

**男1** そしたらピカソが法外な金額を答えたんだ。オーナーはびっくりしてね、「五分で描いた絵がそんなにするんですか？」って言った。ピカソは絵を破り捨てて答えたんだ。「私は

　この絵を描くのに、四十年かかった」

間。

**男1**　………………。

気がつくと、男7がにこにこして聞いていた。

**男1**　笑うような話じゃないよ。
**男7**　（まだにこにこしている。）
**男2**　その時、ピカソは四十歳だったんですか？
**男1**　………知らないよ。
**男4**　それで？
**男1**　え？
**男4**　それでどうなったんですか。
**男1**　……知らないよ。
**男2**　何食べたのかなあ。
**男1**　何が？

男2　いや、ピカソが。
男1　……。

ややあって、男8が、箱を抱えて廊下を来た。

男8　カスガさん。
男4　え？
男8　これ。
男4　なんだよ？

男4、箱を見に行く。

男4　（見て）……。
男1　どうしたんだ？
男4　……。
男2　どうしたんだよ？
男4　……猫が、死にました。

男たち、茫然と立ち尽くす。

# 14 砂の国の遠い声

数週間後の午後。

部屋の隅に、台があり、台の上には、丸い小さな缶と鰹節のかかったごはん、火のついていない二本の蠟燭がある。男2が、コウモリ傘を手にし、いまにも開こうとしている。男3がそれを見ていた。

**男3** 何してるんだ?

**男2** (気がついて) あったんだ。

**男3** それが?

**男2** ああ、傘だよ。

**男3** あったって、どこに?

**男2** いや、ここだよ。

**男3**　へえ。変だな、そんなもの。
**男2**　そうだろ、変なんだよ。砂漠に傘なんて悪い冗談だよ。
**男3**　……それ、どうするんだ？
**男2**　いや、べつに。

間。

**男3**　……さそうと思ったんじゃないのか？
**男2**　さすわけないじゃないか。さしたってしょうがないだろ。
**男3**　でもいま、さそうとしてたろ？
**男2**　してないよ。
**男3**　でも、そこに手をかけてたじゃないか。
**男2**　いや、ちょっとここに手をかけただけだよ。
**男3**　ささないのか？
**男2**　ささないよ。こんな場所で傘をさしても何の意味もないよ。

間。

**男3**　俺は、さしてもいいと思うんだ。
**男2**　……俺もさしてもいいかなって思ってた。
**男3**　じゃあ、さそうよ。
**男2**　でも、傘だぜ。
**男3**　何だよ？
**男2**　こんなところでさして何になるんだよ。
**男3**　何になるかなんて知らないよ、ただしたいんだ。
**男2**　いいのか？
**男3**　いいよ。
**男2**　後悔しないか？
**男3**　お前がささないんだったら、俺がさすぞ。俺がさしてもいいのか？
**男2**　いや、俺がさす。
**男3**　貸せよ。

二人、傘を奪いあう。廊下を、箱を運ぶ男1と男8が来る。

**男1**　（不意に）出したら出しっぱなしじゃ困るよ。

男2と男3、気がついて見た。

**男2**　何ですか？

**男1**　きみたち二人の、どっちかじゃないのか？

**男3**　え？

**男1**　いや、向こうにね、ちょっとあるんだよ。それで邪魔だから、言わなくちゃと思ってたんだ。跨いできたんだよ運びながら。

**男2**　知りませんよ、僕は。

**男1**　じゃあ、イシヅカ君か？

**男3**　いや、僕も。

**男1**　跨いできたんだよ。大変だったんだ。

**男2**　はあ。

**男1**　頼むぞ。

**男2・3**　……。

**男1**　(男8に) 行こう。

**男8**　はい。

男1と男8は去る。

**男2**　（見ていたが）なんだろう？

男3、傘をさした。

**男2**　あ。
**男3**　どうだ？
**男2**　（見て）……うん、いいよ。
**男3**　……おまえも持つか？
**男2**　ああ。

男3、傘を男2に渡す。

**男2**　どうかな？
**男3**　（見て）……うん、なかなかだな。
**男2**　ちょっと入ってみるか？
**男3**　うん。

男2がさす傘の中に、男3も入った。

**男3**　どうかな。
**男2**　いいんじゃないのか。
**男3**　歩いてみるか。
**男2**　ああ。

二人、傘をさしたまま部屋の中を歩く。男4が、皿を手に来る。皿には鰹節のかかったご飯がある。
傘をさして歩く二人に気がつき、

**男4**　何してるんですか？
**男2**　え？
**男3**　あ。

男3、慌てて傘の外に出た。

**男4**　それ？
**男2**　ああ、傘だよ。

男4　どういうことですか?
男3　傘があったんだよ。それでさしてみようってことになってな。
男4　どうして?
男2　いけないのか?
男4　いや、いけなかないですけどね、だけど、ここはそういう場所じゃないでしょ。
男3　そういう場所って?
男4　だから、傘をさすような場所じゃないってことですよ。
男2　おかしいかな?
男4　ええ。変ですよ。こんな場所で傘をさすなんて。
男2　だけど、あったんだ。
男4　あったから?
男2　さしてみたいって思うじゃないか。
男4　思いませんよ誰も。

と、男5が傘をさして廊下を行こうとする。

男3　(気がついて)あ。
男4　なんだよ、おまえまで?

男5　え？
男4　どうして傘なんてさしてるんだよ？
男5　いや、あったから。
男3　傘が？
男5　ええ。変ですよね、砂漠に傘なんて悪い冗談ですよ。
男3　（男5に）それ、どこにあったんだ？
男5　向こうに。
男2　向こうって？
男5　裏口のところにありました。
男3　どうして？
男5　さあ。

男5、行こうとする。

男2　どこ行くんだ？
男5　いや、このまま表に出てみようと思って。
男3　どうして？
男4　あの、

男3　え?
男4　うっとうしいから、傘、閉じませんか?
男2　ああ。
男3　そうだよ、うっとうしいよ。
男2　まあな。

男2、傘を閉じた。

男4　コバヤシも、

男5、そのまま行ってしまった。

男4　おい。
男2　しかし、変だよ。
男4　え?
男2　だって、傘があるなんておかしいだろ?
男4　ちょっとそれ、見せてください。
男2　うん。

男2が傘を差し出すので、男4、皿を机に置いて傘を手にした。

**男4**　なんですかねえ……。

男4、思わず、開こうとした。

**男2**　おまえ、

**男4**　え？

**男2**　いま、さそうと思わなかったか？

**男4**　まさか。

**男2**　思ったんだろ？

**男4**　いや、

**男2**　傘を手にすると、さしたくなるんだよ。

**男4**　いえ、僕は、

**男2**　させよ。

**男4**　え？

**男2**　遠慮するなよ。

男3　（机の上の皿を見て）これ、
男2　え？
男3　いや、このご飯、猫のめしか。
男4　ええ。替えなくちゃと思って。
男3　偉いよおまえ、死んだ猫に、毎日、欠かさすだろ？

男3、皿を手にすると、隅に置かれた台の上のご飯の皿と取り替える。それから、ポケットからマッチを出して、蠟燭に火をつけた。

男2　おふくろがね、夜、仏壇の前に座って、死んだオヤジと話をするんだ。聞こえるか聞こえないような小さな声で、ぶつぶつしゃべってるんだ。家んなかが陰気になるから、やめてくれって言ったんだけどね。あれ、なに話してたのかな？
男4　妙なことがあるんですよ。
男3　なんだよ？
男4　死んだ猫がね、
男2　やめてくれよ、おまえまで。
男4　あ。
男3　え？

男4　いま、猫が鳴きませんでしたか？
男2　猫？
男4　ときどき妙なことがあるんですよ。
男2　やめろよ。
男4　猫が鳴くんです。天井裏や、窓の外や、それから食堂の隅で。
男2　やめろって。

間。

男4　ほら、鳴いてますよ。
男2　気のせいだろ。
男3　そうだよ、気のせいだよ。そんなばかなことあるわけないじゃないか。
男4　でも、ほら。
男2　気のせいだよ。
男4　耳をすますと聞こえますよ。

三人、耳をすました。長い時間そうしていたが、男2　あ。
男4　聞こえたでしょ。
男2　いや、
男4　鳴いたじゃないですか、いま。
男2　気のせいだよ。
男4　聞いたんでしょ？
男2　聞こえなかった。だって、鳴くわけないじゃないか、猫は死んだんだから。

間。

男3　……聞こえたよ。
男2　……。

廊下を男1と男8が来る。

男1　よし、あと二つな。
男8　はい。
男1　（部屋の中の男たちに気がつき）……どうしたんだ？

男2　いえ、

男1　え？

男2　さっき、なんか言ってましたね。

男1　いや、廊下にあったんだよ。傘がね、開いたまま。参ったよ、跨いできたんだから。

男3　傘ですか？

男1　ああ。

男4　（手にした傘を見て）これ、

男1　あ、どうしたんだそれ？

男2　ここにあったんです。

男1　どういうことだ？

男2　さあ。

男1　（去りつつ）まったく困るよ。あんなところに置かれたんじゃ。

男1と男8、行ってしまった。部屋の中の三人、見ていた。ややあって、男4は傘を机の上に置いて椅子に腰を下ろす。

男3　……大丈夫かな。

男4　傘ですか。

男3　ウチムラさんだよ。
男2　大丈夫だろ。タタラがああしてくっついてるからな。
男3　誰かが見張ってるあいだはいいよ、でも、ちょっとしたすきが出来ることもあるぜ。
男2　ちょっとした、すき？
男3　あるだろ、ちょっと目を離すことだって。
男4　いつまで続けるんですか、こんなこと？
男3　とうぶんな。
男2　しばらく様子を見ないとまずいだろうな。
男4　夜も？
男2　ああ、夜だってそうさ。ウチムラさんが、声が聞こえるって言うあいだは、見張ってなきゃだめだ。
男3　そうだな、声が聞こえるって言うあいだはな。いつ出て行くかわからないからな。
男2　うん、いつ出てゆくかわからないよ。

男3、何も言わずに出てゆく。男2は椅子に腰を下ろした。

男2　……。わからないな。なにもわからない。耳をすますと死んだ猫の声が聞こえる。カトウの行方はわからない。ウチムラさんは声が聞こえると言い出した。……いったいここでは男4　何が起きてるんだ？
男2　……。

間。

男4　……カトウはもう、死んでるんでしょうね。
男2　うん。
男4　コバヤシも。
男2　コバヤシも？
男4　ええ、コバヤシも、ウチムラさんも。声を聞いたときはもう死んでいたんですよ、きっと。
男2　……だけど、だとしたら、あの声はいったい何だったんだ？　コバヤシもカトウも、ウチムラさんも聞いたっていうあの声は。
男4　……わかりません。ただ、みんな耳をすましてたんですよ。それでようやく、あの声が聞こえた。
男2　耳か。
男4　ええ。耳ですよ。

二人、ぼんやりした。もう何も話すことがない。ややあって、傘を手にした男7が来る。部屋の隅で傘を開き、床に置く。

**男4**　……何してるんだよ？
**男7**　……いや、あったんです。
**男4**　え？
**男7**　傘が、倉庫に。ものすごい数でした。なぜあんなところに傘があるんでしょうね。
**男4**　あったからって、おまえ、何してるんだよ？
**男7**　いや、もったいないからと思って、飾ってたんですよ。
**男4**　飾る？
**男7**　ええ、もったいないから。

ビールを大量に抱えて、男3が来る。

**男3**　これ、飲むだろ？
**男2**　ああ。
**男3**　ノムラも、飲めよ。（と椅子に腰を下ろした。）
**男7**　はあ。

男7も椅子に腰を下ろす。それぞれ、ビールを飲んだ。

**男3** （傘を見て）あれ、その傘は？

**男2** 倉庫にあったんだってさ。

**男3** 倉庫に？

**男7** ええ、大量に。

**男3** へえ。

**男4** なんですかね？

**男2** 砂漠に傘なんて悪い冗談だよ。

**男3** 砂でも降ってきたのかな。

**男2** 砂が？

**男3** ああ。砂が風で舞って、降ってくることもあるんじゃないか？

**男4** あったんですかね、昔、そんなことが。

**男3** うん、だから、

男8が来た。

男8　ウチムラさん、見ませんでしたか？
男4　なんだよ？
男8　いないんですよ、ウチムラさん。
男2　いままでいたじゃないか。
男8　ええ。でもいないんです。
男3　向こうに行ったんじゃないか。
男8　ああ。
男2　向こうだよ、きっと。
男8　そうですね。

男8、廊下を向こうに行く。残された四人、見ていたが、

男3　それで、だから、よくあるだろ、魚が降ってくるって話が。
男2　え？
男4　ああ、ありましたね。あれは、竜巻かなんかで海の魚が舞い上がったんでしょ？
男2　あったな、聞いたことあるよ。
男3　だからそれとおんなじだよ。風で舞ったんだよ、砂が。
男4　ああ。

男7　問題を出しますか?
男2　タライが降ってくるって話もなかったか?
男4　タライ?
男2　どっかで読んだよ、そういう話。
男3　危ないぞ、それ。
男4　タライは、当たると危険でしょう。
男2　だから、困ったんじゃないか?
男4　困ったでしょうね。
男2　一種の災害だな。
男4　大雨より始末に悪いよ。
男3　傘じゃ駄目だな。
男2　うん、傘じゃ、タライは駄目だよ。
男3　穴が開くだろうな。
男4　いや、穴が開くくらいじゃすみませんよ。骨が折れるでしょう。
男3　ばりばりって?
男4　ぐしゃって潰れますよ。
男2　傘、さしてるほうが危ないだろうな。
男4　魚はどうでしたかね。

男3　傘？
男4　ええ。
男2　どうかな……、
男7　問題は、
男3　魚にもよるんじゃないか？
男4　マグロだったら大変ですよ。
男3　マグロはな、こんなだろ。
男2　いや、傘はあれだよ、
男3　え？
男2　こうしてさ、逆さにして、魚、捕まえたんじゃないか？
男4　ああ、そうですね。
男2　だって、魚はいいよ、降ってきたら得した気分だぜ。
男4　町の魚屋、あがったりですね。
男3　だけど、道一杯に魚が落ちてさ、誰が片付けるんだよ？
男2　ああ。
男3　生臭いぞ、魚は。
男2　夏だったらなおさらな。
男4　塩を撒きますか。

**男3**　なんだよ、それ？
**男4**　だって、よく保存するのに塩でまぶすじゃないですか。
**男2**　ああ、塩じゃけの要領か。
**男4**　ええ。
**男3**　塩漬けか……。
**男4**　塩漬けですよ。

間。

**男2**　……しかし、砂が降ってくるってどんなだったんだろうな。
**男3**　うん……。
**男4**　さぞかし、凄かったでしょうね。
**男3**　凄かったろうな。
**男4**　見たかったですね。
**男2**　うん、見たかったよ。

一瞬にして、あたりは暗闇に包まれた。砂の音がする。何万粒という砂が空から降ってくる音だ。再び明るくなると、そこはまた同じ部屋。男2・3・4・7はトランプをしていた。

廊下に砂が降る。

そして、傘をさした男1・5・6が姿を現わし、降ってくる砂の中を三人は去って行く。やがて、あたりは静かに暗くなった。

END

［引用］

死んでしまったものはもう何事も語らない。ついにやってこないものはその充たされない苦痛を私達に訴えない。ただなし得なかった悲痛な願望が、私達に姿を見せることもない永劫の何物かが、なにごとかに固執しつづけているひとりの精霊のように、高い虚空の風の流れの中で鳴っている。

埴谷雄高

［参考文献］

小玉和文『スティルエコー　静かな響き』

# 付記

宮沢章夫氏の執筆した戯曲はいくつか書籍化されており、また舞台公演ごとに上演台本という形で販売した冊子として、それらの多数は印刷物として残っております。しかし遊園地再生事業団の第4回公演「砂の国の遠い声」はそのどちらにもあてはまらず、もちろん宮沢さんご本人がご自分のハードディスクに保管していたかもしれませんが、それも今となっては定かではありません。そのような幻の戯曲がなぜ上演されることになり、また書籍化に至ったのか。まずは俳優の山崎一さんが主宰する劇壇ガルバで「砂の国の遠い声」を上演することになった経緯からご説明します。

山崎：まずね、2018年の劇壇ガルバ旗揚げ公演の「森から来たカーニバル」を、宮沢（章夫）さんが見に来てくれたの。ゼミの学生の高久瑛理子さんが出演していたとかいろいろ縁があって。本当に久しぶりに会った。すごく芝居を面白がってくれて、当時宮沢さんがパーソナリティをやってたラジオに呼んでくれて。30代の頃は遊園地再生事業団で一緒だったけど、最近はあまり絡むことがなくなってたこともあって、何を話そうかなっていろいろ資料をあさってたら、たまたま、たまたまですよ、この台本「砂の国の遠い声」が出てきた。なつかしいなーとか言いながら読んだら面白くて！　これ今の話じゃないか？　と思うような。全然古さを感じさせないんだよね。で、いろいろ調べたら25年前に上演してから一回も再演されてない。しかも、出版もされてない！　砂に埋もれた遺跡を発掘しちゃったみたいな感覚だよね。もう、すぐやりたい！　となって、ラジオの本番中に宮沢さんに「これ、やらせてください」って。「いいよ」って言うしかない状態になっていて（笑）。それが、2019年3月のことですね。

（劇壇ガルバHP「ガルバログ」より引用）

このように1994年初演当時の出演者でありました山崎一さんが大切に保管していた台本から劇作家の山崎元晴さんがデータに打ち直し、果たして戯曲は「再発見」されました。そして2020年には山崎一さん演出により上演決定。しかし公演は新型コロナウィルス感染拡大の影響で中止を余儀なくされます。そしてこの公演を見るのをとても楽しみにされていたという宮沢さんが2022年9月に急逝されました。その突然の別れに近しい人間の誰もが思いを馳せた中で、山崎さんは「砂の国の遠い声」を上演しようと決意され、私に「演出をやってみないか」と声をかけてくださったのです。そして2023年、この「砂の国の遠い声」プロジェクトが再び動き出しました。

山崎さんは今回の舞台化にあたり宮沢さんの〝砂に埋もれた遺跡〟を「多くの方に読んでいただきたい。もし叶うなら書籍化して残したいという夢を持っている」と私に話してくださいました。その強い思いに心を動かされて、書籍化への道を模索し始めたという次第です。

今回の出版にあたりましては山崎元晴さんと私で1994年の印刷された上演台本をもとに再度校正を行いました。誤字脱字以外にも、山崎さんが稽古中にメモしたと思われる書き込みやト書きが明らかに間違っている箇所などは二人で話し合って訂正加筆してあります。しかし、ほぼ当時の宮沢さんが書かれたままのものです。

書籍化にあたり全面的に協力応援してくださった宮沢さんのご家族である宮沢千景さん、山内こず江さん、遊園地再生事業団の上村聡さん、そして出版を決断してくださった晶文社の安藤聡さん、また白水社の和久田頼男さん、装丁の坂本志保さんに多大なご尽力をいただきました。ここで改めて深く感謝いたします。

2023年10月現在、劇壇ガルバ「砂の国の遠い声」は稽古中です。山崎一さんをはじめ、大石継太さん、佐伯新さん、玉置孝匡さん、長谷川朝晴さん、細川洋平さん、矢野昌幸さんという新たな「砂漠監視隊」のメンバーが、茫漠としたこの現在をただひたすら監視し続けていいます。

ある日、監視隊のひとりが砂の中に見つけました。この輝いた遺跡を。

2023年10月

笠木 泉
（劇作家、演出家、俳優）

**宮沢章夫**（みやざわ・あきお）
一九五六年、静岡県生まれ。劇作家・演出家・小説家。劇団「遊園地再生事業団」主宰。放送作家として活動中、シティボーイズ、竹中直人、いとうせいこうらとの演劇ユニット「ラジカル・ガジベリビンバ・システム」の作・演出を担当。その後、遊園地再生事業団を立ち上げ、『ヒネミ』で第三十七回岸田國士戯曲賞を受賞。『時間のかかる読書―横光利一『機械』を巡る素晴らしきぐずぐず』（河出書房新社）で第二十一回伊藤整文学賞を受賞。『牛への道』（新潮文庫）、『長くなるのでまたにする。』（幻冬舎文庫）などのエッセイで人気を博す。『サーチエンジン・システムクラッシュ』（文藝春秋）が第百二十二回芥川賞候補、第十三回三島賞候補に選ばれるなど、小説も多数発表。早稲田大学文化構想学部教授として後進の指導にあたった。二〇二二年九月、逝去。

**砂の国の遠い声**

2023年11月30日　初版

著　者　宮沢章夫

発行者　株式会社晶文社
東京都千代田区神田神保町1-11　〒101-0051
電話　03-3518-4940（代表）・4942（編集）
URL　https://www.shobunsha.co.jp

印刷・製本　中央精版印刷株式会社



ISBN978-4-7949-7397-9 Printed in Japan

好評発売中

## たんぽぽのお酒　戯曲版　レイ・ブラッドベリ

少年のイノセンスを詩的に幻想的に表現した名作『たんぽぽのお酒』。著者ブラッドベリは、本国アメリカで、自らこの作品を舞台化し、戯曲として書き下ろしていた。光と闇、生と死、若さと老い、利口さと愚かさ、恐怖と喜び……。長編小説のエッセンスが凝縮され、演劇の台本としても実用できる、戯曲版「たんぽぽのお酒」。

## はーばーらいと　吉本ばなな

信仰と自由、初恋と友情、訣別と回復。淡々と歌うように生きるさまが誰かを救う、完全書き下ろし小説。〈恋愛小説ではあるのですが、何よりも人に優しいとはどういうことか、かなりまじめに考えて書きました——著者〉。

## カレーライスと餃子ライス　片岡義男

今日の夕食は何にしようかなと思案しながら、夕暮れの靖国通りをひとり歩く幸せ。幸福な食事はどこにある？　神保町、下北沢、京都……専用スプーンを胸にひそませ、今日も続くカレー漂流。そして青春の食事には、餃子ライスが必要だ。はたしてそんな食事は見つかったか。記憶と幻想で紡がれる物語。

## 語り芸パースペクティブ　玉川奈々福 編

節談説教、ごぜ唄、説経祭文から義太夫、講談、能、落語、浪曲——そしてラップまで。今聞きうる語り芸の第一人者を招き、それぞれの芸がどのような土壌から生まれ、どんな特色を持ち、それらを担い、享受した人々たちはどのような存在だったのかを引き出す。今を生き抜く語り芸の語られざる深層を掘り起こす冒険的講演録。

## 定本　映画術　ヒッチコック、トリュフォー

これが映画だ！　映画の巨匠が華麗なテクニックを大公開。サイレント時代の処女作から最後の作品まで、520枚の写真を駆使して語りつくす。ヒッチコックの魅力を満載した名著、待望の決定版！〈演劇とも小説とも違う、「映画の面白さ」とは何か？答えは、この名著の中にある！〉——宇多丸（Rhymester）

## ロックの正体　樫原辰郎

なぜ歌うのか？ なぜ踊るのか？ なぜ戦うのか？　進化心理学、認知科学、神経科学、人類学、霊長類学、自然主義哲学、二重過程理論、処刑理論、生物学的市場仮説、お婆ちゃん仮説 etc.——最新のサイエンスと歴史知識を駆使してロック文化を多角的に考察。ロック文化から見えてくる、ヒト700万年の Like a Rolling Stone！